The Time Machine

The Time Machine

H. G. Wells

A Lingo Libri book.

www.lingolibri.com

English to Spanish edition.

Content in original langauge from *The Time Machine* by H. G. Wells is in the public domain. All original additions, including language translations and illustrations, are copyright © 2023 by Lingo Libri and may not be reproduced in any form without written permission from the publisher or author, except as permitted by copyright law.

First paperback edition 2023.

Book and cover design by Lingo Libri.

ISBN: 9798391732594

Published by Lingo Libri.

www.lingolibri.com

Table of Contents

Introduction

Introducción

El Viajero del Tiempo (pues así será conveniente hablar de él) nos estaba exponiendo un asunto recóndito. Sus pálidos ojos grises brillaban y centelleaban, y su rostro, habitualmente pálido, estaba sonrojado y animado. El fuego ardía intensamente, y el suave resplandor de las luces incandescentes de los lirios de plata atrapaba las burbujas que parpadeaban y pasaban en nuestros vasos.

The Time Traveller (for so it will be convenient to speak of him) was expounding a recondite matter to us. His pale grey eyes shone and twinkled, and his usually pale face was flushed and animated. The fire burnt brightly, and the soft radiance of the incandescent lights in the lilies of silver caught the bubbles that flashed and passed in our glasses.

Nuestras sillas, que eran sus patentes, nos abrazaban y acariciaban en lugar de someterse a que nos sentáramos sobre ellas, y se respiraba ese ambiente lujoso de sobremesa, cuando el pensamiento se libera graciosamente de las trabas de la precisión. Y nos lo planteó de esta manera -marcando los puntos con un dedo índice delgado- mientras nos sentábamos y admirábamos perezosamente su seriedad ante esta nueva paradoja (tal como la concebíamos) y su fecundidad.

Our chairs, being his patents, embraced and caressed us rather than submitted to be sat upon, and there was that luxurious after-dinner atmosphere, when thought runs gracefully free of the trammels of precision. And he put it to us in this way—marking the points with a lean forefinger—as we sat and lazily admired his earnestness over this new paradox (as we thought it) and his fecundity.

"Debes seguirme con atención. Tendré que controvertir una o dos ideas aceptadas casi universalmente. La geometría, por ejemplo, que te enseñaron en la escuela se basa en un concepto erróneo."

"You must follow me carefully. I shall have to controvert one or two ideas that are almost universally accepted. The geometry, for instance, they taught you at school is founded on a misconception."

"¿No es mucho esperar que empecemos por ahí?", dijo Filby, un discutidor pelirrojo.

"Is not that rather a large thing to expect us to begin upon?" said Filby, an argumentative person with red hair.

"No pretendo pedirte que aceptes nada sin motivos razonables para ello. Pronto admitirás cuanto necesite de ti. Sabes, por supuesto, que una línea matemática, una línea de grosor *nulo*, no tiene existencia real. ¿Te lo han enseñado? Tampoco un plano matemático. Esas cosas son meras abstracciones".

"Está bien", dijo el Psicólogo.

"Ni teniendo sólo longitud, anchura y grosor, puede un cubo tener una existencia real".

"Ahí protesto", dijo Filby. "Por supuesto que puede existir un cuerpo sólido. Todas las cosas reales..."

"Eso es lo que piensa la mayoría de la gente. Pero espera un momento. ¿Puede existir un cubo *instantáneo*?"

"No te sigo", dijo Filby.

"¿Puede tener una existencia real un cubo que no dura nada de tiempo?"

Filby se quedó pensativo. "Es evidente -prosiguió el Viajero del Tiempo- que todo cuerpo real debe tener extensión en *cuatro* direcciones: debe tener Longitud, Anchura, Grosor y-Duración. Pero por una enfermedad natural de la carne, que te explicaré dentro de un momento, tendemos a pasar por alto este hecho. Existen realmente cuatro dimensiones, tres que llamamos los tres planos del Espacio, y una cuarta, el Tiempo. Sin embargo, existe la tendencia a establecer una distinción irreal entre las tres primeras dimensiones y la última, porque ocurre que nuestra conciencia se mueve intermitentemente en una dirección a lo largo de esta última desde el principio hasta el final de nuestras vidas."

"I do not mean to ask you to accept anything without reasonable ground for it. You will soon admit as much as I need from you. You know of course that a mathematical line, a line of thickness *nil*, has no real existence. They taught you that? Neither has a mathematical plane. These things are mere abstractions."

"That is all right," said the Psychologist.

"Nor, having only length, breadth, and thickness, can a cube have a real existence."

"There I object," said Filby. "Of course a solid body may exist. All real things—"

"So most people think. But wait a moment. Can an *instantaneous* cube exist?"

"Don't follow you," said Filby.

"Can a cube that does not last for any time at all, have a real existence?"

Filby became pensive. "Clearly," the Time Traveller proceeded, "any real body must have extension in *four* directions: it must have Length, Breadth, Thickness, and—Duration. But through a natural infirmity of the flesh, which I will explain to you in a moment, we incline to overlook this fact. There are really four dimensions, three which we call the three planes of Space, and a fourth, Time. There is, however, a tendency to draw an unreal distinction between the former three dimensions and the latter, because it happens that our consciousness moves intermittently in one direction along the latter from the beginning to the end of our lives."

"Eso", dijo un hombre muy joven, haciendo esfuerzos espasmódicos por volver a encender su cigarro sobre la lámpara; "eso... muy claro".

"Ahora bien, es muy notable que esto se pase tan ampliamente por alto", continuó el Viajero del Tiempo, con una ligera accesión de alegría. "En realidad, esto es lo que significa la Cuarta Dimensión, aunque algunas personas que hablan de la Cuarta Dimensión no saben que se refieren a ella. No es más que otra forma de ver el Tiempo. *No hay ninguna diferencia entre el Tiempo y cualquiera de las tres dimensiones del Espacio, salvo que nuestra conciencia se mueve a lo largo de él.* Pero algunos insensatos se han apoderado del lado equivocado de esa idea. ¿Habéis oído lo que tienen que decir sobre esta Cuarta Dimensión?".

"Yo *no*", dijo el Alcalde Provincial.

"Se trata simplemente de lo siguiente. Se dice que el Espacio, tal como lo entienden nuestros matemáticos, tiene tres dimensiones, que se pueden llamar Longitud, Anchura y Grosor, y siempre se puede definir por referencia a tres planos, cada uno en ángulo recto con los otros. Pero algunos filósofos se han preguntado por qué *tres* dimensiones en particular -¿por qué no otra dirección perpendicular a las otras tres?- e incluso han intentado construir una geometría de Cuatro Dimensiones.

"That," said a very young man, making spasmodic efforts to relight his cigar over the lamp; "that . . . very clear indeed."

"Now, it is very remarkable that this is so extensively overlooked," continued the Time Traveller, with a slight accession of cheerfulness. "Really this is what is meant by the Fourth Dimension, though some people who talk about the Fourth Dimension do not know they mean it. It is only another way of looking at Time. *There is no difference between Time and any of the three dimensions of Space except that our consciousness moves along it.* But some foolish people have got hold of the wrong side of that idea. You have all heard what they have to say about this Fourth Dimension?"

"*I* have not," said the Provincial Mayor.

"It is simply this. That Space, as our mathematicians have it, is spoken of as having three dimensions, which one may call Length, Breadth, and Thickness, and is always definable by reference to three planes, each at right angles to the others. But some philosophical people have been asking why *three* dimensions particularly—why not another direction at right angles to the other three?—and have even tried to construct a Four-Dimensional geometry.

El profesor Simon Newcomb exponía esto ante la Sociedad Matemática de Nueva York hace apenas un mes. Ya sabes cómo en una superficie plana, que sólo tiene dos dimensiones, podemos representar una figura de un sólido tridimensional, y de forma similar piensan que mediante modelos de tres dimensiones podrían representar uno de cuatro, si pudieran dominar la perspectiva de la cosa.

¿Ves?"

"Creo que sí", murmuró el Alcalde Provincial; y, frunciendo las cejas, se sumió en un estado introspectivo, moviendo los labios como quien repite palabras místicas. "Sí, creo que ahora lo veo", dijo al cabo de un rato, iluminándose de un modo bastante transitorio.

"Bueno, no me importa decirte que llevo algún tiempo trabajando en esta geometría de las Cuatro Dimensiones. Algunos de mis resultados son curiosos. Por ejemplo, aquí tienes el retrato de un hombre a los ocho años, otro a los quince, otro a los diecisiete, otro a los veintitrés, y así sucesivamente. Todos ellos son evidentemente secciones, por así decirlo, representaciones Tridimensionales de su ser Cuatridimensional, que es una cosa fija e inalterable.

Professor Simon Newcomb was expounding this to the New York Mathematical Society only a month or so ago. You know how on a flat surface, which has only two dimensions, we can represent a figure of a three-dimensional solid, and similarly they think that by models of three dimensions they could represent one of four—if they could master the perspective of the thing.

See?"

"I think so," murmured the Provincial Mayor; and, knitting his brows, he lapsed into an introspective state, his lips moving as one who repeats mystic words. "Yes, I think I see it now," he said after some time, brightening in a quite transitory manner.

"Well, I do not mind telling you I have been at work upon this geometry of Four Dimensions for some time. Some of my results are curious. For instance, here is a portrait of a man at eight years old, another at fifteen, another at seventeen, another at twenty-three, and so on. All these are evidently sections, as it were, Three-Dimensional representations of his Four-Dimensioned being, which is a fixed and unalterable thing.

"Los científicos -continuó el Viajero del Tiempo, tras la pausa necesaria para asimilarlo debidamente- saben muy bien que el Tiempo no es más que una especie de Espacio. He aquí un diagrama de divulgación científica, un registro meteorológico. Esta línea que trazo con el dedo muestra el movimiento del barómetro. Ayer estaba muy alto, ayer por la noche bajó, luego esta mañana volvió a subir, y así suavemente hacia arriba hasta aquí. Seguramente el mercurio no trazó esta línea en ninguna de las dimensiones del Espacio generalmente reconocidas. Pero ciertamente trazó tal línea, y esa línea, por tanto, debemos concluir que fue a lo largo de la Dimensión del Tiempo."

"Pero -dijo el Médico, mirando fijamente un carbón en el fuego-, si el Tiempo no es realmente más que una cuarta dimensión del Espacio, ¿por qué se considera, y por qué se ha considerado siempre, como algo diferente? ¿Y por qué no podemos movernos en el Tiempo como nos movemos en las otras dimensiones del Espacio?".

El Viajero del Tiempo sonrió. "¿Estás tan seguro de que podemos movernos libremente por el Espacio? Podemos ir a derecha e izquierda, hacia delante y hacia atrás con suficiente libertad, y los hombres siempre lo han hecho así. Admito que nos movemos libremente en dos dimensiones. Pero, ¿y arriba y abajo? La gravitación nos limita ahí".

"No exactamente", dijo el Médico. "Hay globos".

"Scientific people," proceeded the Time Traveller, after the pause required for the proper assimilation of this, "know very well that Time is only a kind of Space. Here is a popular scientific diagram, a weather record. This line I trace with my finger shows the movement of the barometer. Yesterday it was so high, yesterday night it fell, then this morning it rose again, and so gently upward to here. Surely the mercury did not trace this line in any of the dimensions of Space generally recognised? But certainly it traced such a line, and that line, therefore, we must conclude, was along the Time-Dimension."

"But," said the Medical Man, staring hard at a coal in the fire, "if Time is really only a fourth dimension of Space, why is it, and why has it always been, regarded as something different? And why cannot we move in Time as we move about in the other dimensions of Space?"

The Time Traveller smiled. "Are you so sure we can move freely in Space? Right and left we can go, backward and forward freely enough, and men always have done so. I admit we move freely in two dimensions. But how about up and down? Gravitation limits us there."

"Not exactly," said the Medical Man. "There are balloons."

"Pero antes de los globos, salvo los saltos espasmódicos y las desigualdades de la superficie, el hombre no tenía libertad de movimiento vertical".

"Aun así, podían moverse un poco arriba y abajo", dijo el Médico.

"Más fácil, mucho más fácil bajar que subir".

"Y no puedes moverte en absoluto en el Tiempo, no puedes alejarte del momento presente".

"Mi querido señor, ahí es justo donde te equivocas. Ahí es precisamente donde el mundo entero se ha equivocado. Siempre nos estamos alejando del momento presente. Nuestras existencias mentales, que son inmateriales y no tienen dimensiones, pasan a lo largo de la Dimensión-Tiempo con una velocidad uniforme desde la cuna hasta la tumba. Igual que viajaríamos *hacia abajo* si comenzáramos nuestra existencia a ochenta kilómetros por encima de la superficie terrestre".

"Pero la gran dificultad es ésta", interrumpió el Psicólogo. Puedes moverte en todas las direcciones del Espacio, pero no puedes moverte en el Tiempo".

"But before the balloons, save for spasmodic jumping and the inequalities of the surface, man had no freedom of vertical movement."

"Still they could move a little up and down," said the Medical Man.

"Easier, far easier down than up."

"And you cannot move at all in Time, you cannot get away from the present moment."

"My dear sir, that is just where you are wrong. That is just where the whole world has gone wrong. We are always getting away from the present moment. Our mental existences, which are immaterial and have no dimensions, are passing along the Time-Dimension with a uniform velocity from the cradle to the grave. Just as we should travel *down* if we began our existence fifty miles above the earth's surface."

"But the great difficulty is this," interrupted the Psychologist. 'You *can* move about in all directions of Space, but you cannot move about in Time."

"Ése es el germen de mi gran descubrimiento. Pero te equivocas al decir que no podemos movernos en el Tiempo. Por ejemplo, si recuerdo un incidente muy vívidamente, vuelvo al instante en que ocurrió: Me vuelvo distraído, como tú dices. Retrocedo un instante. Por supuesto, no tenemos medios para permanecer en el pasado durante mucho tiempo, como tampoco los tiene un salvaje o un animal para permanecer a dos metros del suelo. Pero el hombre civilizado está mejor que el salvaje en este aspecto. Puede ir contra la gravitación en un globo, y ¿por qué no esperar que, en última instancia, pueda detener o acelerar su deriva a lo largo de la Dimensión del Tiempo, o incluso dar la vuelta y viajar en sentido contrario?"

"Oh, *esto*", empezó Filby, "es todo...".

"¿Por qué no?", dijo el Viajero del Tiempo.

"Va contra la razón", dijo Filby.

"¿Por qué razón?", dijo el Viajero del Tiempo.

"Puedes demostrar con argumentos que lo negro es blanco", dijo Filby, "pero nunca me convencerás".

"Posiblemente no", dijo el Viajero del Tiempo. "Pero ahora empiezas a ver el objeto de mis investigaciones sobre la geometría de las Cuatro Dimensiones. Hace mucho tiempo tuve un vago presentimiento de una máquina...".

"¡Viajar por el Tiempo!", exclamó el Muy Joven.

"Que viajará indiferentemente en cualquier dirección del Espacio y del Tiempo, según determine el conductor".

Filby se contentó con reírse.

"That is the germ of my great discovery. But you are wrong to say that we cannot move about in Time. For instance, if I am recalling an incident very vividly I go back to the instant of its occurrence: I become absent-minded, as you say. I jump back for a moment. Of course we have no means of staying back for any length of Time, any more than a savage or an animal has of staying six feet above the ground. But a civilised man is better off than the savage in this respect. He can go up against gravitation in a balloon, and why should he not hope that ultimately he may be able to stop or accelerate his drift along the Time-Dimension, or even turn about and travel the other way?"

"Oh, *this*," began Filby, "is all—"

"Why not?" said the Time Traveller.

"It's against reason," said Filby.

"What reason?" said the Time Traveller.

"You can show black is white by argument," said Filby, "but you will never convince me."

"Possibly not," said the Time Traveller. "But now you begin to see the object of my investigations into the geometry of Four Dimensions. Long ago I had a vague inkling of a machine—"

"To travel through Time!" exclaimed the Very Young Man.

"That shall travel indifferently in any direction of Space and Time, as the driver determines."

Filby contented himself with laughter.

"Pero tengo una verificación experimental", dijo el Viajero del Tiempo.

"Sería muy conveniente para el historiador", sugirió el Psicólogo. "¡Se podría viajar al pasado y verificar el relato aceptado de la batalla de Hastings, por ejemplo!".

"¿No crees que llamarías la atención?", dijo el Médico. "Nuestros antepasados no toleraban mucho los anacronismos".

"Uno podría aprender griego de los mismos labios de Homero y Platón", pensó el Muy Joven.

"En ese caso, sin duda te ararían por el Pequeño-go. Los eruditos alemanes han mejorado mucho el griego".

"Luego está el futuro", dijo el Muy Joven. "¡Piensa! Uno podría invertir todo su dinero, dejarlo acumular a interés, ¡y apresurarse a seguir adelante!"

"Descubrir una sociedad", dije, "erigida sobre una base estrictamente comunista".

"¡De todas las extravagantes teorías salvajes!", empezó el Psicólogo.

"Sí, eso me parecía a mí, y por eso nunca hablé de ello hasta que...".

"¡Verificación experimental!", grité. "¿Vas a verificar *eso*?".

"¡El experimento!", gritó Filby, que empezaba a tener el cerebro cansado.

"Veamos de todos modos tu experimento", dijo el Psicólogo, "aunque todo son patrañas, ya lo sabes".

"But I have experimental verification," said the Time Traveller.

"It would be remarkably convenient for the historian," the Psychologist suggested. "One might travel back and verify the accepted account of the Battle of Hastings, for instance!"

"Don't you think you would attract attention?" said the Medical Man. "Our ancestors had no great tolerance for anachronisms."

"One might get one's Greek from the very lips of Homer and Plato," the Very Young Man thought.

"In which case they would certainly plough you for the Little-go. The German scholars have improved Greek so much."

"Then there is the future," said the Very Young Man. "Just think! One might invest all one's money, leave it to accumulate at interest, and hurry on ahead!"

"To discover a society," said I, "erected on a strictly communistic basis."

"Of all the wild extravagant theories!" began the Psychologist.

"Yes, so it seemed to me, and so I never talked of it until—"

"Experimental verification!" cried I. "You are going to verify *that*?"

"The experiment!" cried Filby, who was getting brain-weary.

"Let's see your experiment anyhow," said the Psychologist, "though it's all humbug, you know."

El Viajero del Tiempo nos sonrió. Luego, sin dejar de sonreír débilmente y con las manos metidas en los bolsillos del pantalón, salió lentamente de la habitación y oímos sus zapatillas arrastrando los pies por el largo pasillo que conducía a su laboratorio.

El psicólogo nos miró. "Me pregunto qué tendrá".

"Algún truco de prestidigitación u otro", dijo el Médico, y Filby intentó hablarnos de un prestidigitador que había visto en Burslem, pero antes de que terminara su prefacio volvió el Viajero del Tiempo, y la anécdota de Filby se vino abajo.

The Time Traveller smiled round at us. Then, still smiling faintly, and with his hands deep in his trousers pockets, he walked slowly out of the room, and we heard his slippers shuffling down the long passage to his laboratory.

The Psychologist looked at us. "I wonder what he's got?"

"Some sleight-of-hand trick or other," said the Medical Man, and Filby tried to tell us about a conjuror he had seen at Burslem, but before he had finished his preface the Time Traveller came back, and Filby's anecdote collapsed.

The Machine

La Máquina

Lo que el Viajero del Tiempo tenía en la mano era un brillante armazón metálico, apenas más grande que un pequeño reloj, y muy delicadamente fabricado. Contenía marfil y una sustancia cristalina transparente. Y ahora debo ser explícito, pues lo que sigue -a menos que se acepte su explicación- es algo absolutamente inexplicable.

Cogió una de las mesitas octogonales que había esparcidas por la habitación y la colocó frente al fuego, con dos patas sobre el alféizar. Sobre esta mesa colocó el mecanismo. Luego acercó una silla y se sentó. El único objeto que había sobre la mesa era una pequeña lámpara de pantalla, cuya brillante luz caía sobre el modelo.

También había una docena de velas alrededor, dos en candelabros de latón sobre la chimenea y varias en apliques, de modo que la habitación estaba brillantemente iluminada. Me senté en un sillón bajo, el más cercano al fuego, y lo adelanté para situarme casi entre el Viajero del Tiempo y la chimenea. Filby estaba sentado detrás de él, mirando por encima del hombro.

The thing the Time Traveller held in his hand was a glittering metallic framework, scarcely larger than a small clock, and very delicately made. There was ivory in it, and some transparent crystalline substance. And now I must be explicit, for this that follows—unless his explanation is to be accepted—is an absolutely unaccountable thing.

He took one of the small octagonal tables that were scattered about the room, and set it in front of the fire, with two legs on the hearthrug. On this table he placed the mechanism. Then he drew up a chair, and sat down. The only other object on the table was a small shaded lamp, the bright light of which fell upon the model.

There were also perhaps a dozen candles about, two in brass candlesticks upon the mantel and several in sconces, so that the room was brilliantly illuminated. I sat in a low arm-chair nearest the fire, and I drew this forward so as to be almost between the Time Traveller and the fireplace. Filby sat behind him, looking over his shoulder.

El Médico y el Alcalde Provincial le observaban de perfil desde la derecha, el Psicólogo desde la izquierda. El Hombre Muy Joven se situó detrás del Psicólogo. Todos estábamos alerta. Me parece increíble que, en estas condiciones, se nos haya podido jugar una mala pasada, por sutilmente concebida y hábilmente realizada que fuera.

El Viajero en el Tiempo nos miró, y luego al mecanismo. "¿Y bien?", dijo el Psicólogo.

"Este pequeño asunto -dijo el Viajero del Tiempo, apoyando los codos sobre la mesa y apretando las manos sobre el aparato- no es más que una maqueta. Es mi proyecto de máquina para viajar en el tiempo. Te darás cuenta de que tiene un aspecto singularmente torcido, y de que esta barra tiene un extraño aspecto centelleante, como si fuera de algún modo irreal." Señaló la pieza con el dedo. "Además, aquí hay una palanquita blanca, y aquí hay otra".

El Médico se levantó de la silla y miró dentro del cacharro. "Está muy bien hecho", dijo.

The Medical Man and the Provincial Mayor watched him in profile from the right, the Psychologist from the left. The Very Young Man stood behind the Psychologist. We were all on the alert. It appears incredible to me that any kind of trick, however subtly conceived and however adroitly done, could have been played upon us under these conditions.

The Time Traveller looked at us, and then at the mechanism. "Well?" said the Psychologist.

"This little affair," said the Time Traveller, resting his elbows upon the table and pressing his hands together above the apparatus, "is only a model. It is my plan for a machine to travel through time. You will notice that it looks singularly askew, and that there is an odd twinkling appearance about this bar, as though it was in some way unreal." He pointed to the part with his finger. "Also, here is one little white lever, and here is another."

The Medical Man got up out of his chair and peered into the thing. "It's beautifully made," he said.

"Tardó dos años en hacerse", replicó el Viajero del Tiempo. Luego, cuando todos hubimos imitado la acción del Hombre Médico, dijo "Ahora quiero que entendáis claramente que esta palanca, al ser presionada, envía la máquina deslizándose hacia el futuro, y esta otra invierte el movimiento. Esta silla representa el asiento de un viajero del tiempo. Ahora voy a pulsar la palanca y la máquina se pondrá en marcha. Se desvanecerá, pasará al Tiempo futuro y desaparecerá. Fíjate bien en la cosa. Mirad también la mesa y aseguraos de que no hay ningún truco. No quiero desperdiciar este modelo y que luego digan que soy un charlatán".

Hubo quizá un minuto de pausa. El Psicólogo parecía a punto de hablarme, pero cambió de opinión. Entonces el Viajero del Tiempo levantó el dedo hacia la palanca. "No", dijo de repente. "Échame una mano". Y volviéndose hacia el Psicólogo, tomó la mano de aquel individuo entre las suyas y le dijo que extendiera el índice.

De modo que fue el propio Psicólogo quien envió el modelo de Máquina del Tiempo en su interminable viaje. Todos vimos girar la palanca. Estoy absolutamente seguro de que no hubo ningún truco. Hubo un soplo de viento y la llama de la lámpara saltó. Una de las velas de la chimenea se apagó, y la maquinita giró de repente, se volvió borrosa, se vio como un fantasma durante un segundo quizá, como un remolino de latón y marfil débilmente brillantes; y desapareció... ¡desapareció!

Salvo por la lámpara, la mesa estaba vacía.

"It took two years to make," retorted the Time Traveller. Then, when we had all imitated the action of the Medical Man, he said: "Now I want you clearly to understand that this lever, being pressed over, sends the machine gliding into the future, and this other reverses the motion. This saddle represents the seat of a time traveller. Presently I am going to press the lever, and off the machine will go. It will vanish, pass into future Time, and disappear. Have a good look at the thing. Look at the table too, and satisfy yourselves there is no trickery. I don't want to waste this model, and then be told I'm a quack."

There was a minute's pause perhaps. The Psychologist seemed about to speak to me, but changed his mind. Then the Time Traveller put forth his finger towards the lever. "No," he said suddenly. "Lend me your hand." And turning to the Psychologist, he took that individual's hand in his own and told him to put out his forefinger.

So that it was the Psychologist himself who sent forth the model Time Machine on its interminable voyage. We all saw the lever turn. I am absolutely certain there was no trickery. There was a breath of wind, and the lamp flame jumped. One of the candles on the mantel was blown out, and the little machine suddenly swung round, became indistinct, was seen as a ghost for a second perhaps, as an eddy of faintly glittering brass and ivory; and it was gone—vanished!

Save for the lamp the table was bare.

Todos guardaron silencio durante un minuto. Entonces Filby dijo que estaba condenado.

El Psicólogo se recuperó de su estupor y miró de repente debajo de la mesa. El Viajero del Tiempo se rió alegremente. "¿Y bien?", dijo, recordando al Psicólogo. Luego, levantándose, se dirigió al tarro de tabaco que había sobre la repisa de la chimenea y, de espaldas a nosotros, empezó a llenar su pipa.

Nos miramos fijamente. "Mira -dijo el Médico-, ¿hablas en serio? ¿Crees en serio que esa máquina ha viajado en el tiempo?".

"Desde luego", dijo el Viajero del Tiempo, inclinándose para encender un chisporroteo en el fuego. Luego se volvió, encendiendo su pipa, para mirar la cara del Psicólogo. (El Psicólogo, para demostrar que no estaba trastornado, se sirvió un puro e intentó encenderlo sin cortarlo). "Es más, tengo una gran máquina casi terminada ahí dentro" -señaló el laboratorio- "y cuando esté montada pienso hacer un viaje por mi cuenta".

"¿Quieres decir que esa máquina ha viajado al futuro?", dijo Filby.

"Hacia el futuro o hacia el pasado; no sé con certeza cuál de los dos".

Tras un intervalo, el Psicólogo tuvo una inspiración. "Debe de haber ido al pasado, si es que ha ido a alguna parte", dijo.

"¿Por qué?", dijo el Viajero del Tiempo.

"Porque supongo que no se ha movido en el espacio, y si viajara al futuro seguiría aquí todo este tiempo, ya que debe haber viajado a través de este tiempo".

Everyone was silent for a minute. Then Filby said he was damned.

The Psychologist recovered from his stupor, and suddenly looked under the table. At that the Time Traveller laughed cheerfully. "Well?" he said, with a reminiscence of the Psychologist. Then, getting up, he went to the tobacco jar on the mantel, and with his back to us began to fill his pipe.

We stared at each other. "Look here," said the Medical Man, "are you in earnest about this? Do you seriously believe that that machine has travelled into time?"

"Certainly," said the Time Traveller, stooping to light a spill at the fire. Then he turned, lighting his pipe, to look at the Psychologist's face. (The Psychologist, to show that he was not unhinged, helped himself to a cigar and tried to light it uncut.) "What is more, I have a big machine nearly finished in there"—he indicated the laboratory—"and when that is put together I mean to have a journey on my own account."

"You mean to say that that machine has travelled into the future?" said Filby.

"Into the future or the past—I don't, for certain, know which."

After an interval the Psychologist had an inspiration. "It must have gone into the past if it has gone anywhere," he said.

"Why?" said the Time Traveller.

"Because I presume that it has not moved in space, and if it travelled into the future it would still be here all this time, since it must have travelled through this time."

"Pero", dije yo, "si hubiera viajado al pasado, habría sido visible cuando entramos por primera vez en esta habitación; y el jueves pasado, cuando estuvimos aquí; y el jueves anterior; ¡y así sucesivamente!".

"Serias objeciones", observó el Alcalde Provincial, con aire de imparcialidad, volviéndose hacia el Viajero del Tiempo.

"Ni un poco", dijo el Viajero en el Tiempo, y, al Psicólogo: "Tú crees *Tú* puedes explicarlo. Es la presentación por debajo del umbral, ya sabes, la presentación diluida".

"Por supuesto", dijo el Psicólogo, y nos tranquilizó. "Es una simple cuestión de psicología. Debería haberlo pensado. Es bastante claro, y ayuda deliciosamente a la paradoja. No podemos verlo, ni apreciar esta máquina, como tampoco podemos ver el radio de una rueda que gira, o una bala que vuela por el aire.

Si viaja en el tiempo cincuenta o cien veces más deprisa que nosotros, si recorre un minuto mientras nosotros recorremos un segundo, la impresión que creará será, por supuesto, sólo una quincuagésima o una centésima parte de la que causaría si no viajara en el tiempo. Eso es bastante evidente". Pasó la mano por el espacio en el que había estado la máquina.

"¿Lo ves?", dijo riendo.

Nos sentamos y nos quedamos mirando la mesa vacía durante un minuto más o menos. Entonces el Viajero del Tiempo nos preguntó qué pensábamos de todo aquello.

"But," said I, "If it travelled into the past it would have been visible when we came first into this room; and last Thursday when we were here; and the Thursday before that; and so forth!"

"Serious objections," remarked the Provincial Mayor, with an air of impartiality, turning towards the Time Traveller.

"Not a bit," said the Time Traveller, and, to the Psychologist: "You think. *You* can explain that. It's presentation below the threshold, you know, diluted presentation."

"Of course," said the Psychologist, and reassured us. "That's a simple point of psychology. I should have thought of it. It's plain enough, and helps the paradox delightfully. We cannot see it, nor can we appreciate this machine, any more than we can the spoke of a wheel spinning, or a bullet flying through the air.

If it is travelling through time fifty times or a hundred times faster than we are, if it gets through a minute while we get through a second, the impression it creates will of course be only one-fiftieth or one-hundredth of what it would make if it were not travelling in time. That's plain enough." He passed his hand through the space in which the machine had been.

"You see?" he said, laughing.

We sat and stared at the vacant table for a minute or so. Then the Time Traveller asked us what we thought of it all.

"Suena bastante plausible esta noche", dijo el Médico; "pero espera a mañana. Espera al sentido común de la mañana".

"¿Quieres ver la Máquina del Tiempo?", preguntó el Viajero del Tiempo. Y, tomando la lámpara en la mano, nos condujo por el largo y ventilado pasillo hasta su laboratorio. Recuerdo vívidamente la luz parpadeante, su extraña y ancha cabeza en silueta, la danza de las sombras, cómo le seguimos todos, perplejos pero incrédulos, y cómo allí, en el laboratorio, contemplamos una edición más grande del pequeño mecanismo que habíamos visto desvanecerse ante nuestros ojos.

Partes eran de níquel, partes de marfil, partes habían sido sin duda limadas o aserradas de cristal de roca. En general, la cosa estaba completa, pero las barras cristalinas retorcidas yacían inacabadas sobre el banco, junto a unas hojas de dibujos, y cogí una para verla mejor. Parecía cuarzo.

"Mira -dijo el Médico-, ¿hablas totalmente en serio? ¿O se trata de un truco, como aquel fantasma que nos mostraste las pasadas Navidades?".

"Con esa máquina -dijo el Viajero del Tiempo, sosteniendo la lámpara en alto-, pretendo explorar el tiempo. ¿Está claro? Nunca he hablado más en serio en mi vida".

Ninguno de nosotros sabía cómo tomárselo.

Capté la mirada de Filby por encima del hombro del Médico y me guiñó un ojo solemnemente.

"It sounds plausible enough tonight," said the Medical Man; "but wait until tomorrow. Wait for the common sense of the morning."

"Would you like to see the Time Machine itself?" asked the Time Traveller. And therewith, taking the lamp in his hand, he led the way down the long, draughty corridor to his laboratory. I remember vividly the flickering light, his queer, broad head in silhouette, the dance of the shadows, how we all followed him, puzzled but incredulous, and how there in the laboratory we beheld a larger edition of the little mechanism which we had seen vanish from before our eyes.

Parts were of nickel, parts of ivory, parts had certainly been filed or sawn out of rock crystal. The thing was generally complete, but the twisted crystalline bars lay unfinished upon the bench beside some sheets of drawings, and I took one up for a better look at it. Quartz it seemed to be.

"Look here," said the Medical Man, "are you perfectly serious? Or is this a trick—like that ghost you showed us last Christmas?"

"Upon that machine," said the Time Traveller, holding the lamp aloft, "I intend to explore time. Is that plain? I was never more serious in my life."

None of us quite knew how to take it.

I caught Filby's eye over the shoulder of the Medical Man, and he winked at me solemnly.

The Time Traveller Returns

Vuelve El Viajero en El Tiempo

Creo que en aquella época ninguno de nosotros creía del todo en la Máquina del Tiempo. El hecho es que el Viajero del Tiempo era uno de esos hombres demasiado astutos para ser creídos: nunca sentías que lo veías todo a su alrededor; siempre sospechabas alguna sutil reserva, algún ingenio emboscado, detrás de su lúcida franqueza.

I think that at that time none of us quite believed in the Time Machine. The fact is, the Time Traveller was one of those men who are too clever to be believed: you never felt that you saw all round him; you always suspected some subtle reserve, some ingenuity in ambush, behind his lucid frankness.

Si Filby hubiera mostrado el modelo y explicado el asunto con las palabras del Viajero del Tiempo, le habríamos mostrado *a él* mucho menos escepticismo. Porque habríamos percibido sus motivos: un charcutero podría entender a Filby. Pero el Viajero del Tiempo tenía algo más que un toque de capricho entre sus elementos, y desconfiamos de él.

Had Filby shown the model and explained the matter in the Time Traveller's words, we should have shown *him* far less scepticism. For we should have perceived his motives: a pork-butcher could understand Filby. But the Time Traveller had more than a touch of whim among his elements, and we distrusted him.

Cosas que habrían hecho la fama de un hombre menos inteligente parecían trucos en sus manos. Es un error hacer las cosas con demasiada facilidad. Las personas serias que le tomaron en serio nunca se sintieron del todo seguras de su conducta; de algún modo eran conscientes de que confiarle su reputación de juicio era como amueblar un cuarto infantil con vajilla de cáscara de huevo.

Así que no creo que ninguno de nosotros hablara mucho de viajar en el tiempo en el intervalo entre aquel jueves y el siguiente, aunque sus extrañas potencialidades rondaban, sin duda, por la mente de la mayoría de nosotros: su verosimilitud, es decir, su incredulidad práctica, las curiosas posibilidades de anacronismo y de confusión absoluta que sugería.

Por mi parte, estaba especialmente preocupado por el truco del modelo. Recuerdo haber hablado de ello con el Médico, con quien me reuní el viernes en el Linnæan. Me dijo que había visto algo parecido en Tubinga, e insistió mucho en el soplido de la vela. Pero no pudo explicar cómo se hacía el truco.

El jueves siguiente fui de nuevo a Richmond -supongo que era uno de los invitados más constantes del Viajero del Tiempo- y, al llegar tarde, encontré a cuatro o cinco hombres ya reunidos en su salón. El Médico estaba de pie ante el fuego, con una hoja de papel en una mano y su reloj en la otra. Miré a mi alrededor en busca del Viajero del Tiempo y... "Ya son las siete y media -dijo el Médico-. "Supongo que será mejor que cenemos".

Things that would have made the fame of a less clever man seemed tricks in his hands. It is a mistake to do things too easily. The serious people who took him seriously never felt quite sure of his deportment; they were somehow aware that trusting their reputations for judgment with him was like furnishing a nursery with eggshell china.

So I don't think any of us said very much about time travelling in the interval between that Thursday and the next, though its odd potentialities ran, no doubt, in most of our minds: its plausibility, that is, its practical incredibleness, the curious possibilities of anachronism and of utter confusion it suggested.

For my own part, I was particularly preoccupied with the trick of the model. That I remember discussing with the Medical Man, whom I met on Friday at the Linnæan. He said he had seen a similar thing at Tübingen, and laid considerable stress on the blowing-out of the candle. But how the trick was done he could not explain.

The next Thursday I went again to Richmond—I suppose I was one of the Time Traveller's most constant guests—and, arriving late, found four or five men already assembled in his drawing-room. The Medical Man was standing before the fire with a sheet of paper in one hand and his watch in the other. I looked round for the Time Traveller, and—"It's half-past seven now," said the Medical Man. "I suppose we'd better have dinner?"

"¿Dónde está...?", dije, nombrando a nuestro anfitrión.

"¿Acabas de llegar? Es bastante extraño. Está inevitablemente retenido. Me pide en esta nota que le lleve a cenar a las siete si no vuelve. Dice que me lo explicará cuando venga".

"Es una lástima que se eche a perder la cena", dijo el director de un conocido periódico, y entonces el doctor llamó al timbre.

El Psicólogo era la única persona, aparte del Doctor y de mí, que había asistido a la cena anterior. Los demás hombres eran Blank, el Editor antes mencionado, cierto periodista y otro -un hombre callado y tímido con barba- a quien no conocía y que, por lo que pude observar, no abrió la boca en toda la velada.

En la mesa se especuló sobre la ausencia del Viajero del Tiempo, y yo sugerí viajar en el tiempo, con un espíritu medio jocoso. El Editor quiso que se lo explicaran, y el Psicólogo ofreció un relato de madera sobre la "ingeniosa paradoja y truco" que habíamos presenciado aquel día de la semana.

Estaba en medio de su exposición cuando la puerta del pasillo se abrió lentamente y sin ruido. Yo estaba de cara a la puerta y lo vi primero. "¡Hola!" dije. "¡Por fin!" Y la puerta se abrió más, y el Viajero del Tiempo se plantó ante nosotros. Di un grito de sorpresa. "¡Santo cielo! hombre, ¿qué te pasa?", gritó el Médico, que lo vio a continuación.

Y toda la mesa se volvió hacia la puerta.

"Where's——?" said I, naming our host.

"You've just come? It's rather odd. He's unavoidably detained. He asks me in this note to lead off with dinner at seven if he's not back. Says he'll explain when he comes."

"It seems a pity to let the dinner spoil," said the Editor of a well-known daily paper; and thereupon the Doctor rang the bell.

The Psychologist was the only person besides the Doctor and myself who had attended the previous dinner. The other men were Blank, the Editor aforementioned, a certain journalist, and another—a quiet, shy man with a beard—whom I didn't know, and who, as far as my observation went, never opened his mouth all the evening.

There was some speculation at the dinner-table about the Time Traveller's absence, and I suggested time travelling, in a half-jocular spirit. The Editor wanted that explained to him, and the Psychologist volunteered a wooden account of the "ingenious paradox and trick" we had witnessed that day week.

He was in the midst of his exposition when the door from the corridor opened slowly and without noise. I was facing the door, and saw it first. "Hallo!" I said. "At last!" And the door opened wider, and the Time Traveller stood before us. I gave a cry of surprise. "Good heavens! man, what's the matter?" cried the Medical Man, who saw him next.

And the whole tableful turned towards the door.

Estaba en un estado lamentable. Tenía el abrigo polvoriento y sucio, manchado de verde por las mangas; el pelo desordenado y, según me pareció, más gris, bien por el polvo y la suciedad, bien porque su color se había desvanecido realmente. Su rostro estaba espantosamente pálido; tenía un corte marrón en la barbilla, un corte a medio cicatrizar; su expresión era demacrada y demacrada, como por un intenso sufrimiento. Por un momento vaciló en la puerta, como si le hubiera deslumbrado la luz. Luego entró en la habitación. Cojeaba como he visto en vagabundos con los pies destrozados. Nos quedamos mirándole en silencio, esperando que hablara.

No dijo ni una palabra, pero se acercó penosamente a la mesa e hizo un ademán hacia el vino. El Editor llenó una copa de champán y se la acercó. Lo bebió y pareció que le sentó bien, pues miró a la mesa y el fantasma de su antigua sonrisa se dibujó en su rostro. "¿Qué demonios has estado haciendo, tío?", dijo el Doctor.

El Viajero del Tiempo no pareció oírle. "No dejes que te moleste", dijo, con cierta articulación vacilante. "Estoy bien". Se detuvo, extendió el vaso para que le sirvieran más y se lo bebió de un trago. "Está bien", dijo. Sus ojos se iluminaron y un tenue color apareció en sus mejillas. Su mirada pasó por nuestros rostros con cierta aprobación sorda y luego recorrió la cálida y confortable habitación.

Luego volvió a hablar, todavía como tanteando el terreno entre sus palabras. "Voy a lavarme y a vestirme, y luego bajaré a explicarte las cosas.... Guárdame un poco de ese cordero. Me muero de hambre".

He was in an amazing plight. His coat was dusty and dirty, and smeared with green down the sleeves; his hair disordered, and as it seemed to me greyer—either with dust and dirt or because its colour had actually faded. His face was ghastly pale; his chin had a brown cut on it—a cut half-healed; his expression was haggard and drawn, as by intense suffering. For a moment he hesitated in the doorway, as if he had been dazzled by the light. Then he came into the room. He walked with just such a limp as I have seen in footsore tramps. We stared at him in silence, expecting him to speak.

He said not a word, but came painfully to the table, and made a motion towards the wine. The Editor filled a glass of champagne, and pushed it towards him. He drained it, and it seemed to do him good: for he looked round the table, and the ghost of his old smile flickered across his face. "What on earth have you been up to, man?" said the Doctor.

The Time Traveller did not seem to hear. "Don't let me disturb you," he said, with a certain faltering articulation. "I'm all right." He stopped, held out his glass for more, and took it off at a draught. "That's good," he said. His eyes grew brighter, and a faint colour came into his cheeks. His glance flickered over our faces with a certain dull approval, and then went round the warm and comfortable room.

Then he spoke again, still as it were feeling his way among his words. "I'm going to wash and dress, and then I'll come down and explain things.... Save me some of that mutton. I'm starving for a bit of meat."

Miró al Editor, que era un visitante poco habitual, y esperó que estuviera bien. El Editor empezó a preguntar. "Te lo diré enseguida", dijo el Viajero del Tiempo. "Soy gracioso. Enseguida estaré bien".

Dejó el vaso y se dirigió hacia la puerta de la escalera. Volví a notar su cojera y el suave sonido acolchado de sus pisadas, y levantándome en mi sitio, vi sus pies cuando salía. Sólo llevaba un par de calcetines andrajosos y manchados de sangre. Entonces la puerta se cerró sobre él. Estuve a punto de seguirle, hasta que recordé que detestaba cualquier alboroto sobre sí mismo. Durante un minuto, tal vez, mi mente se dedicó a acumular lana. Entonces oí decir al director: "Notable comportamiento de un eminente científico", pensando (según su costumbre) en titulares. Y eso me devolvió la atención a la brillante mesa de la cena.

"¿A qué juega?", dijo el Periodista. "¿Ha estado haciendo el Cadger Amateur? No te sigo". Me encontré con la mirada del Psicólogo y leí mi propia interpretación en su rostro. Pensé en el Viajero del Tiempo cojeando penosamente escaleras arriba. Creo que nadie más se había dado cuenta de su cojera.

El primero en recuperarse por completo de la sorpresa fue el Médico, que llamó al timbre -el Viajero del Tiempo odiaba tener criados esperando a la hora de cenar- para pedir un plato caliente. Al oírlo, el Editor se volvió hacia el cuchillo y el tenedor con un gruñido, y el Hombre Silencioso hizo lo mismo. Se reanudó la cena. La conversación fue exclamativa durante un rato, con lagunas de asombro; y entonces el Editor se puso ferviente en su curiosidad.

He looked across at the Editor, who was a rare visitor, and hoped he was all right. The Editor began a question. "Tell you presently," said the Time Traveller. "I'm—funny! Be all right in a minute."

He put down his glass, and walked towards the staircase door. Again I remarked his lameness and the soft padding sound of his footfall, and standing up in my place, I saw his feet as he went out. He had nothing on them but a pair of tattered, blood-stained socks. Then the door closed upon him. I had half a mind to follow, till I remembered how he detested any fuss about himself. For a minute, perhaps, my mind was wool-gathering. Then, "Remarkable Behaviour of an Eminent Scientist," I heard the Editor say, thinking (after his wont) in headlines. And this brought my attention back to the bright dinner-table.

"What's the game?" said the Journalist. "Has he been doing the Amateur Cadger? I don't follow." I met the eye of the Psychologist, and read my own interpretation in his face. I thought of the Time Traveller limping painfully upstairs. I don't think anyone else had noticed his lameness.

The first to recover completely from this surprise was the Medical Man, who rang the bell—the Time Traveller hated to have servants waiting at dinner—for a hot plate. At that the Editor turned to his knife and fork with a grunt, and the Silent Man followed suit. The dinner was resumed. Conversation was exclamatory for a little while with gaps of wonderment; and then the Editor got fervent in his curiosity.

"¿Nuestro amigo se gana la vida a duras penas con una travesía, o tiene sus fases de Nabucodonosor?", inquirió. "Estoy seguro de que se trata de este asunto de la Máquina del Tiempo", dije, y retomé el relato del Psicólogo sobre nuestro anterior encuentro. Los nuevos invitados se mostraron francamente incrédulos. El Editor planteó objeciones.

"¿Qué *era* este viaje en el tiempo? Un hombre no podría cubrirse de polvo rodando en una paradoja, ¿verdad?". Y entonces, cuando se le ocurrió la idea, recurrió a la caricatura. ¿No tenían cepillos para la ropa en el Futuro? Tampoco el periodista quiso creer a cualquier precio, y se unió al redactor en la fácil tarea de ridiculizar todo el asunto.

Ambos eran el nuevo tipo de periodista: jóvenes muy alegres e irreverentes. "Nuestro corresponsal especial en Pasado Mañana informa", estaba diciendo -o más bien gritando- el periodista cuando regresó el Viajero del Tiempo. Llevaba un traje de noche normal y corriente, y del cambio que me había sorprendido sólo quedaba su aspecto demacrado.

"Digo yo -dijo el redactor divertido- que estos tipos de aquí dicen que has estado viajando hasta mediados de la semana que viene. Cuéntanoslo todo sobre el pequeño Rosebery, ¿quieres? ¿Qué te llevarás por el lote?

El Viajero del Tiempo llegó al lugar reservado para él sin decir palabra. Sonrió tranquilamente, a su antigua manera. "¿Dónde está mi cordero?", dijo. "¡Qué delicia volver a clavar un tenedor en la carne!".

"¡Cuento!", gritó el Editor.

"¡Al diablo con la historia!", dijo el Viajero del Tiempo. "Quiero comer algo. No diré ni una palabra hasta que me llegue algo de peptona a las arterias. Gracias. Y la sal".

"Una palabra", dije yo. "¿Has viajado en el tiempo?".

"Sí", dijo el Viajero del Tiempo, con la boca llena, asintiendo con la cabeza.

"Daría un chelín por línea por una nota textual", dijo el Editor. El Viajero del Tiempo empujó su vaso hacia el Hombre Silencioso y lo hizo sonar con la uña; ante lo cual el Hombre Silencioso, que había estado mirándole la cara, se sobresaltó convulsivamente y le sirvió vino. El resto de la cena fue incómodo.

Por mi parte, no dejaban de surgir preguntas repentinas en mis labios, y me atrevería a decir que lo mismo ocurría con los demás. El Periodista intentó aliviar la tensión contando anécdotas de Hettie Potter. El Viajero en el Tiempo dedicó su atención a la cena, y mostró el apetito de un vagabundo. El Médico fumaba un cigarrillo y miraba al Viajero del Tiempo a través de las pestañas.

El Hombre Silencioso parecía aún más torpe que de costumbre, y bebía champán con regularidad y determinación por puro nerviosismo. Por fin, el Viajero del Tiempo apartó su plato y miró a nuestro alrededor. "Supongo que debo disculparme", dijo. "Me moría de hambre. Lo he pasado muy bien". Extendió la mano para coger un puro y cortó la punta.

"Story!" cried the Editor.

"Story be damned!" said the Time Traveller. "I want something to eat. I won't say a word until I get some peptone into my arteries. Thanks. And the salt."

"One word," said I. "Have you been time travelling?"

"Yes," said the Time Traveller, with his mouth full, nodding his head.

"I'd give a shilling a line for a verbatim note," said the Editor. The Time Traveller pushed his glass towards the Silent Man and rang it with his fingernail; at which the Silent Man, who had been staring at his face, started convulsively, and poured him wine. The rest of the dinner was uncomfortable.

For my own part, sudden questions kept on rising to my lips, and I dare say it was the same with the others. The Journalist tried to relieve the tension by telling anecdotes of Hettie Potter. The Time Traveller devoted his attention to his dinner, and displayed the appetite of a tramp. The Medical Man smoked a cigarette, and watched the Time Traveller through his eyelashes.

The Silent Man seemed even more clumsy than usual, and drank champagne with regularity and determination out of sheer nervousness. At last the Time Traveller pushed his plate away, and looked round us. "I suppose I must apologise," he said. "I was simply starving. I've had a most amazing time." He reached out his hand for a cigar, and cut the end.

"Pero ven al fumadero. Es una historia demasiado larga para contarla sobre platos grasientos". Y, tocando el timbre al pasar, abrió paso a la sala contigua.

"¿Le has hablado a Blank, a Dash y a Chose de la máquina?", me dijo, reclinándose en su butaca y nombrando a los tres nuevos invitados.

"Pero la cosa es una mera paradoja", dijo el Editor.

"No puedo discutir esta noche. No me importa contarte la historia, pero no puedo discutir. Te contaré -prosiguió- la historia de lo que me ha ocurrido, si quieres, pero debes abstenerte de interrupciones. Quiero contarlo. Y mucho. La mayor parte sonará a mentira. Pues que así sea. Es verdad, hasta la última palabra. Estaba en mi laboratorio a las cuatro en punto, y desde entonces... he vivido ocho días... ¡días como ningún ser humano ha vivido jamás! Estoy casi agotado, pero no dormiré hasta que te haya contado todo esto. Entonces me iré a la cama. Pero nada de interrupciones. ¿De acuerdo?

"De acuerdo", dijo el Editor, y los demás hicimos eco del "De acuerdo". Y el Viajero del Tiempo comenzó su relato tal como lo he expuesto. Al principio se recostó en la silla y habló como un hombre cansado. Después se fue animando. Al escribirlo, siento con demasiada agudeza la insuficiencia de la pluma y la tinta -y, sobre todo, mi propia insuficiencia- para expresar su calidad.

"But come into the smoking-room. It's too long a story to tell over greasy plates." And ringing the bell in passing, he led the way into the adjoining room.

"You have told Blank, and Dash, and Chose about the machine?" he said to me, leaning back in his easy-chair and naming the three new guests.

"But the thing's a mere paradox," said the Editor.

"I can't argue tonight. I don't mind telling you the story, but I can't argue. I will," he went on, "tell you the story of what has happened to me, if you like, but you must refrain from interruptions. I want to tell it. Badly. Most of it will sound like lying. So be it! It's true—every word of it, all the same. I was in my laboratory at four o'clock, and since then ... I've lived eight days ... such days as no human being ever lived before! I'm nearly worn out, but I shan't sleep till I've told this thing over to you. Then I shall go to bed. But no interruptions! Is it agreed?"

"Agreed," said the Editor, and the rest of us echoed "Agreed." And with that the Time Traveller began his story as I have set it forth. He sat back in his chair at first, and spoke like a weary man. Afterwards he got more animated. In writing it down I feel with only too much keenness the inadequacy of pen and ink—and, above all, my own inadequacy—to express its quality.

Lees, supongo, con suficiente atención; pero no puedes ver el rostro blanco y sincero del orador en el círculo brillante de la lamparita, ni oír la entonación de su voz. No puedes saber cómo su expresión seguía los giros de su relato. La mayoría de los oyentes estábamos en la sombra, pues las velas de la sala de fumadores no se habían encendido, y sólo estaban iluminados el rostro del Periodista y las piernas del Hombre Silencioso desde las rodillas hacia abajo.

Al principio nos mirábamos de vez en cuando. Al cabo de un tiempo dejamos de hacerlo, y sólo mirábamos el rostro del Viajero del Tiempo.

You read, I will suppose, attentively enough; but you cannot see the speaker's white, sincere face in the bright circle of the little lamp, nor hear the intonation of his voice. You cannot know how his expression followed the turns of his story! Most of us hearers were in shadow, for the candles in the smoking-room had not been lighted, and only the face of the Journalist and the legs of the Silent Man from the knees downward were illuminated.

At first we glanced now and again at each other. After a time we ceased to do that, and looked only at the Time Traveller's face.

Time Travelling

Viajar en El Tiempo

"El jueves pasado os hablé a algunos de vosotros de los principios de la Máquina del Tiempo, y os mostré la propia máquina, incompleta en el taller. Ahí está ahora, un poco desgastada por el viaje, la verdad; y una de las barras de marfil está agrietada, y una barra de latón doblada; pero el resto está bastante bien. Esperaba terminarla el viernes, pero el viernes, cuando ya estaba casi terminada, descubrí que una de las barras de níquel era exactamente dos centímetros más corta de lo normal, y tuve que rehacerla, de modo que no estuvo completa hasta esta mañana.

Hoy, a las diez en punto, comenzó su carrera la primera de todas las Máquinas del Tiempo. Le di un último golpe, probé de nuevo todos los tornillos, puse una gota más de aceite en la varilla de cuarzo y me senté en la silla. Supongo que un suicida que se apunta al cráneo con una pistola siente el mismo asombro ante lo que vendrá después que yo sentí entonces.

"I told some of you last Thursday of the principles of the Time Machine, and showed you the actual thing itself, incomplete in the workshop. There it is now, a little travel-worn, truly; and one of the ivory bars is cracked, and a brass rail bent; but the rest of it's sound enough. I expected to finish it on Friday; but on Friday, when the putting together was nearly done, I found that one of the nickel bars was exactly one inch too short, and this I had to get remade; so that the thing was not complete until this morning.

It was at ten o'clock today that the first of all Time Machines began its career. I gave it a last tap, tried all the screws again, put one more drop of oil on the quartz rod, and sat myself in the saddle. I suppose a suicide who holds a pistol to his skull feels much the same wonder at what will come next as I felt then.

Cogí la palanca de arranque en una mano y la de parada en la otra, apreté la primera, y casi inmediatamente la segunda. Me pareció que me tambaleaba; tuve una sensación de pesadilla al caer; y, al mirar a mi alrededor, vi el laboratorio exactamente igual que antes. ¿Había ocurrido algo? Por un momento sospeché que mi intelecto me había engañado.

Entonces me fijé en el reloj. Un momento antes, según parecía, había dado las diez y un minuto; ¡ahora eran casi las tres y media!

"Respiré hondo, apreté los dientes, agarré la palanca de arranque con ambas manos y salí disparado. El laboratorio se nubló y se oscureció. La señora Watchett entró y caminó, aparentemente sin verme, hacia la puerta del jardín. Supongo que tardó más o menos un minuto en atravesar el lugar, pero a mí me pareció que salía disparada por la habitación como un cohete.

Accioné la palanca hasta su posición extrema. La noche llegó como el apagado de una lámpara, y en otro momento llegó el mañana. El laboratorio se hizo tenue y brumoso, luego más tenue y cada vez más tenue. Mañana llegó la noche negra, luego otra vez el día, otra vez la noche, otra vez el día, cada vez más rápido. Un remolino de murmullos llenó mis oídos, y una extraña y muda confusión descendió sobre mi mente.

I took the starting lever in one hand and the stopping one in the other, pressed the first, and almost immediately the second. I seemed to reel; I felt a nightmare sensation of falling; and, looking round, I saw the laboratory exactly as before. Had anything happened? For a moment I suspected that my intellect had tricked me.

Then I noted the clock. A moment before, as it seemed, it had stood at a minute or so past ten; now it was nearly half-past three!

"I drew a breath, set my teeth, gripped the starting lever with both hands, and went off with a thud. The laboratory got hazy and went dark. Mrs. Watchett came in and walked, apparently without seeing me, towards the garden door. I suppose it took her a minute or so to traverse the place, but to me she seemed to shoot across the room like a rocket.

I pressed the lever over to its extreme position. The night came like the turning out of a lamp, and in another moment came tomorrow. The laboratory grew faint and hazy, then fainter and ever fainter. Tomorrow night came black, then day again, night again, day again, faster and faster still. An eddying murmur filled my ears, and a strange, dumb confusedness descended on my mind.

"Me temo que no puedo transmitir las peculiares sensaciones del viaje en el tiempo. Son excesivamente desagradables. Hay una sensación exactamente igual a la que se tiene sobre una palanca de cambios: ¡un movimiento impotente hacia delante! También sentí la misma horrible anticipación de un choque inminente. A medida que avanzaba, la noche seguía al día como el batir de un ala negra.

La tenue sugestión del laboratorio pareció alejarse pronto de mí, y vi que el sol saltaba velozmente por el cielo, saltándolo cada minuto, y cada minuto marcaba un día. Supuse que el laboratorio había sido destruido y que yo había salido al aire libre. Tuve una vaga impresión de andamios, pero ya iba demasiado deprisa para ser consciente de nada que se moviera.

El caracol más lento que jamás se haya arrastrado pasó demasiado rápido para mí. La titilante sucesión de oscuridad y luz era excesivamente dolorosa para la vista. Luego, en las tinieblas intermitentes, vi a la luna girar velozmente por sus cuartos, de nueva a llena, y tuve una débil visión de las estrellas que giraban en círculo.

De pronto, a medida que avanzaba, ganando velocidad, la palpitación de la noche y el día se fundieron en una grisura continua; el cielo adquirió una maravillosa profundidad de azul, un espléndido color luminoso como el del crepúsculo temprano; el sol, que se sacudía, se convirtió en un rayo de fuego, un arco brillante, en el espacio; la luna, en una banda fluctuante más débil; y yo no podía ver nada de las estrellas, salvo de vez en cuando un círculo más brillante que parpadeaba en el azul.

"I am afraid I cannot convey the peculiar sensations of time travelling. They are excessively unpleasant. There is a feeling exactly like that one has upon a switchback—of a helpless headlong motion! I felt the same horrible anticipation, too, of an imminent smash. As I put on pace, night followed day like the flapping of a black wing.

The dim suggestion of the laboratory seemed presently to fall away from me, and I saw the sun hopping swiftly across the sky, leaping it every minute, and every minute marking a day. I supposed the laboratory had been destroyed and I had come into the open air. I had a dim impression of scaffolding, but I was already going too fast to be conscious of any moving things.

The slowest snail that ever crawled dashed by too fast for me. The twinkling succession of darkness and light was excessively painful to the eye. Then, in the intermittent darknesses, I saw the moon spinning swiftly through her quarters from new to full, and had a faint glimpse of the circling stars.

Presently, as I went on, still gaining velocity, the palpitation of night and day merged into one continuous greyness; the sky took on a wonderful deepness of blue, a splendid luminous colour like that of early twilight; the jerking sun became a streak of fire, a brilliant arch, in space; the moon a fainter fluctuating band; and I could see nothing of the stars, save now and then a brighter circle flickering in the blue.

"El paisaje era brumoso y vago. Yo seguía en la ladera de la colina sobre la que ahora se alza esta casa, y el hombro se alzaba sobre mí gris y tenue. Vi árboles que crecían y cambiaban como bocanadas de vapor, ahora pardos, ahora verdes; crecían, se extendían, temblaban y desaparecían. Vi enormes edificios alzarse tenues y hermosos, y pasar como sueños.

Toda la superficie de la tierra parecía cambiada, fundiéndose y fluyendo bajo mis ojos. Las manecillas de los relojes que registraban mi velocidad giraban cada vez más deprisa. En un momento me di cuenta de que el cinturón solar se balanceaba arriba y abajo, de solsticio a solsticio, en un minuto o menos, y que, por consiguiente, mi ritmo era de más de un año por minuto; y minuto a minuto la blanca nieve relampagueaba por el mundo, y desaparecía, y era seguida por el verde brillante y breve de la primavera.

"Las desagradables sensaciones del comienzo eran ahora menos punzantes. Al final se fundieron en una especie de euforia histérica. Observé, en efecto, un torpe balanceo de la máquina, que no supe explicar. Pero mi mente estaba demasiado confusa para prestarle atención, así que, con una especie de locura creciente sobre mí, me lancé hacia el futuro.

"The landscape was misty and vague. I was still on the hillside upon which this house now stands, and the shoulder rose above me grey and dim. I saw trees growing and changing like puffs of vapour, now brown, now green; they grew, spread, shivered, and passed away. I saw huge buildings rise up faint and fair, and pass like dreams.

The whole surface of the earth seemed changed—melting and flowing under my eyes. The little hands upon the dials that registered my speed raced round faster and faster. Presently I noted that the sun belt swayed up and down, from solstice to solstice, in a minute or less, and that consequently my pace was over a year a minute; and minute by minute the white snow flashed across the world, and vanished, and was followed by the bright, brief green of spring.

"The unpleasant sensations of the start were less poignant now. They merged at last into a kind of hysterical exhilaration. I remarked, indeed, a clumsy swaying of the machine, for which I was unable to account. But my mind was too confused to attend to it, so with a kind of madness growing upon me, I flung myself into futurity.

Al principio apenas pensé en detenerme, apenas pensé en otra cosa que en estas nuevas sensaciones. Pero pronto una nueva serie de impresiones creció en mi mente, una cierta curiosidad y con ella un cierto temor, hasta que al final se apoderaron completamente de mí. ¡Qué extraños desarrollos de la humanidad, qué maravillosos avances sobre nuestra civilización rudimentaria, pensé, no aparecerían cuando llegara a mirar de cerca el tenue mundo inasible que corría y fluctuaba ante mis ojos!

Vi elevarse a mi alrededor una arquitectura grande y espléndida, más maciza que cualquiera de los edificios de nuestra época, y sin embargo, según parecía, construida de brillo y niebla. Vi un verde más rico fluir por la ladera de la colina, y permanecer allí, sin ninguna intermisión invernal. Incluso a través del velo de mi confusión, la tierra parecía muy hermosa.

Y entonces mi mente volvió al asunto de parar.

"El riesgo peculiar residía en la posibilidad de que encontrara alguna sustancia en el espacio que yo, o la máquina, ocupábamos. Mientras viajara a gran velocidad en el tiempo, esto apenas importaba: Estaba, por así decirlo, atenuado: ¡me deslizaba como un vapor a través de los intersticios de las sustancias intermedias!

At first I scarce thought of stopping, scarce thought of anything but these new sensations. But presently a fresh series of impressions grew up in my mind—a certain curiosity and therewith a certain dread—until at last they took complete possession of me. What strange developments of humanity, what wonderful advances upon our rudimentary civilisation, I thought, might not appear when I came to look nearly into the dim elusive world that raced and fluctuated before my eyes!

I saw great and splendid architecture rising about me, more massive than any buildings of our own time, and yet, as it seemed, built of glimmer and mist. I saw a richer green flow up the hillside, and remain there, without any wintry intermission. Even through the veil of my confusion the earth seemed very fair.

And so my mind came round to the business of stopping.

"The peculiar risk lay in the possibility of my finding some substance in the space which I, or the machine, occupied. So long as I travelled at a high velocity through time, this scarcely mattered: I was, so to speak, attenuated—was slipping like a vapour through the interstices of intervening substances!

Pero detenerme implicaba atascarme, molécula a molécula, en cualquier cosa que se interpusiera en mi camino; significaba poner mis átomos en contacto tan íntimo con los del obstáculo que se produciría una profunda reacción química -posiblemente una explosión de gran alcance- que me expulsaría a mí y a mi aparato de todas las dimensiones posibles, hacia lo Desconocido.

Esta posibilidad se me había ocurrido una y otra vez mientras fabricaba la máquina; pero entonces la había aceptado alegremente como un riesgo inevitable, ¡uno de los riesgos que un hombre tiene que correr! Ahora que el riesgo era inevitable, ya no lo veía con la misma alegría. El hecho es que, insensiblemente, la absoluta extrañeza de todo, el enfermizo traqueteo y balanceo de la máquina, sobre todo, la sensación de caída prolongada, me habían alterado absolutamente los nervios.

Me dije a mí mismo que nunca podría detenerme, y con una ráfaga de petulancia resolví detenerme de inmediato. Como un imbécil impaciente, tiré de la palanca e incontinentemente la cosa se tambaleó y salí despedido por los aires.

"Sonó en mis oídos el ruido de un trueno. Me quedé aturdido por un momento. Un granizo despiadado silbaba a mi alrededor, y yo estaba sentado sobre un césped blando delante de la máquina desbordada. Todo seguía pareciéndome gris, pero enseguida me di cuenta de que la confusión de mis oídos había desaparecido. Miré a mi alrededor.

But to come to a stop involved the jamming of myself, molecule by molecule, into whatever lay in my way; meant bringing my atoms into such intimate contact with those of the obstacle that a profound chemical reaction—possibly a far-reaching explosion—would result, and blow myself and my apparatus out of all possible dimensions—into the Unknown.

This possibility had occurred to me again and again while I was making the machine; but then I had cheerfully accepted it as an unavoidable risk—one of the risks a man has got to take! Now the risk was inevitable, I no longer saw it in the same cheerful light. The fact is that, insensibly, the absolute strangeness of everything, the sickly jarring and swaying of the machine, above all, the feeling of prolonged falling, had absolutely upset my nerves.

I told myself that I could never stop, and with a gust of petulance I resolved to stop forthwith. Like an impatient fool, I lugged over the lever, and incontinently the thing went reeling over, and I was flung headlong through the air.

"There was the sound of a clap of thunder in my ears. I may have been stunned for a moment. A pitiless hail was hissing round me, and I was sitting on soft turf in front of the overset machine. Everything still seemed grey, but presently I remarked that the confusion in my ears was gone. I looked round me.

Estaba en lo que parecía un pequeño césped de un jardín, rodeado de arbustos de rododendro, y me di cuenta de que sus flores malvas y moradas caían en una lluvia bajo el golpeteo de los granizos. El granizo, que rebotaba y bailaba, se cernía en una nubecilla sobre la máquina y recorría el suelo como si fuera humo.

En un momento me mojé hasta la piel. Bonita hospitalidad -dije- para un hombre que ha viajado innumerables años para verte".

"Luego pensé que era una tonta por mojarme. Me levanté y miré a mi alrededor. Una figura colosal, tallada aparentemente en alguna piedra blanca, se alzaba indistintamente más allá de los rododendros a través del brumoso aguacero. Pero todo lo demás del mundo era invisible.

"Mis sensaciones serían difíciles de describir. Cuando las columnas de granizo se hicieron más delgadas, vi la figura blanca con mayor claridad. Era muy grande, pues un abedul plateado le tocaba el hombro. Era de mármol blanco, con una forma parecida a la de una esfinge alada, pero las alas, en lugar de estar colocadas verticalmente a los lados, estaban desplegadas, de modo que parecía flotar.

Me pareció que el pedestal era de bronce y estaba cubierto de verdín. El rostro estaba orientado hacia mí; los ojos, sin vista, parecían observarme; en los labios se dibujaba la débil sombra de una sonrisa. Estaba muy desgastado por el tiempo, lo que le daba un desagradable aspecto de enfermedad. Me quedé mirándola durante un rato, tal vez medio minuto o media hora.

I was on what seemed to be a little lawn in a garden, surrounded by rhododendron bushes, and I noticed that their mauve and purple blossoms were dropping in a shower under the beating of the hailstones. The rebounding, dancing hail hung in a little cloud over the machine, and drove along the ground like smoke.

In a moment I was wet to the skin. 'Fine hospitality,' said I, 'to a man who has travelled innumerable years to see you.'

"Presently I thought what a fool I was to get wet. I stood up and looked round me. A colossal figure, carved apparently in some white stone, loomed indistinctly beyond the rhododendrons through the hazy downpour. But all else of the world was invisible.

"My sensations would be hard to describe. As the columns of hail grew thinner, I saw the white figure more distinctly. It was very large, for a silver birch-tree touched its shoulder. It was of white marble, in shape something like a winged sphinx, but the wings, instead of being carried vertically at the sides, were spread so that it seemed to hover.

The pedestal, it appeared to me, was of bronze, and was thick with verdigris. It chanced that the face was towards me; the sightless eyes seemed to watch me; there was the faint shadow of a smile on the lips. It was greatly weather-worn, and that imparted an unpleasant suggestion of disease. I stood looking at it for a little space—half a minute, perhaps, or half an hour.

Parecía avanzar y retroceder a medida que el granizo se hacía más denso o más fino. Por fin aparté un momento los ojos de ella y vi que la cortina de granizo se había desgastado y que el cielo se iluminaba con la promesa del sol.

"Levanté de nuevo la vista hacia la blanca figura agazapada, y toda la temeridad de mi viaje me sobrevino de repente. ¿Qué podría aparecer cuando aquella cortina nebulosa se retirase por completo? ¿Qué no les habría ocurrido a los hombres? ¿Y si la crueldad se hubiera convertido en una pasión común? ¿Y si en este intervalo la raza hubiera perdido su hombría y se hubiera convertido en algo inhumano, insolidario y abrumadoramente poderoso? Yo podría parecer un animal salvaje del viejo mundo, sólo que más espantoso y repugnante por nuestra semejanza común: una criatura repugnante a la que matar incontinentemente.

"Ya veía otras formas inmensas: enormes edificios con intrincados parapetos y altas columnas, con una ladera boscosa que se deslizaba tenuemente sobre mí a través de la tormenta que amainaba. Me invadió un miedo pánico. Me volví frenéticamente hacia la Máquina del Tiempo y me esforcé por reajustarla. Mientras lo hacía, los rayos del sol se abrieron paso a través de la tormenta.

It seemed to advance and to recede as the hail drove before it denser or thinner. At last I tore my eyes from it for a moment, and saw that the hail curtain had worn threadbare, and that the sky was lightening with the promise of the sun.

"I looked up again at the crouching white shape, and the full temerity of my voyage came suddenly upon me. What might appear when that hazy curtain was altogether withdrawn? What might not have happened to men? What if cruelty had grown into a common passion? What if in this interval the race had lost its manliness, and had developed into something inhuman, unsympathetic, and overwhelmingly powerful? I might seem some old-world savage animal, only the more dreadful and disgusting for our common likeness—a foul creature to be incontinently slain.

"Already I saw other vast shapes—huge buildings with intricate parapets and tall columns, with a wooded hillside dimly creeping in upon me through the lessening storm. I was seized with a panic fear. I turned frantically to the Time Machine, and strove hard to readjust it. As I did so the shafts of the sun smote through the thunderstorm.

El aguacero gris se hizo a un lado y se desvaneció como los ropajes arrastrados de un fantasma. Por encima de mí, en el intenso azul del cielo estival, unos tenues jirones marrones de nubes se arremolinaban en la nada. Los grandes edificios que me rodeaban resaltaban claros y nítidos, brillando por la humedad de la tormenta y resaltados en blanco por las piedras de granizo sin derretir que se amontonaban a lo largo de su recorrido.

The grey downpour was swept aside and vanished like the trailing garments of a ghost. Above me, in the intense blue of the summer sky, some faint brown shreds of cloud whirled into nothingness. The great buildings about me stood out clear and distinct, shining with the wet of the thunderstorm, and picked out in white by the unmelted hailstones piled along their courses.

Me sentí desnuda en un mundo extraño. Me sentí como tal vez se sienta un pájaro en el aire claro, sabiendo que el halcón alza sus alas por encima y va a abalanzarse. Mi miedo se convirtió en frenesí. Me tomé un respiro, apreté los dientes y volví a forcejear ferozmente, muñeca y rodilla, con la máquina. Cedió bajo mi desesperado empuje y se dio la vuelta.

I felt naked in a strange world. I felt as perhaps a bird may feel in the clear air, knowing the hawk wings above and will swoop. My fear grew to frenzy. I took a breathing space, set my teeth, and again grappled fiercely, wrist and knee, with the machine. It gave under my desperate onset and turned over.

Me golpeó violentamente en la barbilla. Con una mano en la silla y la otra en la palanca, me quedé jadeando pesadamente en actitud de volver a montar.

It struck my chin violently. One hand on the saddle, the other on the lever, I stood panting heavily in attitude to mount again.

"Pero con esta recuperación de una pronta retirada recobré el valor. Miré con más curiosidad y menos temor este mundo del futuro remoto. En una abertura circular, en lo alto del muro de la casa más cercana, vi un grupo de figuras vestidas con ricas y suaves túnicas. Me habían visto y sus rostros se dirigían hacia mí.

"But with this recovery of a prompt retreat my courage recovered. I looked more curiously and less fearfully at this world of the remote future. In a circular opening, high up in the wall of the nearer house, I saw a group of figures clad in rich soft robes. They had seen me, and their faces were directed towards me.

35

"Entonces oí voces que se acercaban a mí. A través de los arbustos, junto a la Esfinge Blanca, se veían las cabezas y los hombros de unos hombres que corrían. Uno de ellos surgió en un sendero que conducía directamente al pequeño césped sobre el que me encontraba con mi máquina. Era una criatura delgada -quizá un metro y medio de altura-, vestido con una túnica púrpura ceñida a la cintura con un cinturón de cuero. Llevaba en los pies sandalias o calzas -no pude distinguir con claridad-; tenía las piernas desnudas hasta las rodillas y la cabeza descubierta. Al notarlo, me di cuenta por primera vez de lo cálido que era el aire.

"Me pareció una criatura muy bella y agraciada, pero indescriptiblemente frágil. Su rostro enrojecido me recordaba al tipo más bello de consumido, esa belleza agitada de la que tanto oíamos hablar. Al verle, recuperé de repente la confianza. Aparté las manos de la máquina.

"Then I heard voices approaching me. Coming through the bushes by the White Sphinx were the heads and shoulders of men running. One of these emerged in a pathway leading straight to the little lawn upon which I stood with my machine. He was a slight creature—perhaps four feet high—clad in a purple tunic, girdled at the waist with a leather belt. Sandals or buskins—I could not clearly distinguish which—were on his feet; his legs were bare to the knees, and his head was bare. Noticing that, I noticed for the first time how warm the air was.

"He struck me as being a very beautiful and graceful creature, but indescribably frail. His flushed face reminded me of the more beautiful kind of consumptive—that hectic beauty of which we used to hear so much. At the sight of him I suddenly regained confidence. I took my hands from the machine.

In the Golden Age

En La Edad De Oro

"En otro momento estábamos frente a frente, yo y esta cosa frágil salida de la futuridad. Se acercó a mí y se rió a mis ojos. La ausencia en su porte de cualquier signo de miedo me impresionó al instante. Luego se volvió hacia los otros dos que le seguían y les habló en una lengua extraña, muy dulce y líquida.

"Vinieron otros, y al poco rato un pequeño grupo de quizá ocho o diez de estas exquisitas criaturas estaban a mi alrededor. Uno de ellos se dirigió a mí. Me vino a la cabeza, extrañamente, que mi voz era demasiado áspera y grave para ellos. Así que sacudí la cabeza y, señalándome las orejas, volví a sacudirla. Se acercó un paso, vaciló y luego me tocó la mano.

Entonces sentí otros pequeños tentáculos suaves sobre mi espalda y hombros. Querían asegurarse de que yo era real. Esto no tenía nada de alarmante. De hecho, había algo en aquellas preciosas personitas que inspiraba confianza: una graciosa dulzura, una cierta soltura infantil. Además, su aspecto era tan frágil que podía imaginarme lanzando a toda la docena como si fueran bolos.

"In another moment we were standing face to face, I and this fragile thing out of futurity. He came straight up to me and laughed into my eyes. The absence from his bearing of any sign of fear struck me at once. Then he turned to the two others who were following him and spoke to them in a strange and very sweet and liquid tongue.

"There were others coming, and presently a little group of perhaps eight or ten of these exquisite creatures were about me. One of them addressed me. It came into my head, oddly enough, that my voice was too harsh and deep for them. So I shook my head, and, pointing to my ears, shook it again. He came a step forward, hesitated, and then touched my hand.

Then I felt other soft little tentacles upon my back and shoulders. They wanted to make sure I was real. There was nothing in this at all alarming. Indeed, there was something in these pretty little people that inspired confidence—a graceful gentleness, a certain childlike ease. And besides, they looked so frail that I could fancy myself flinging the whole dozen of them about like ninepins.

Pero hice un movimiento repentino para advertirles cuando vi sus manitas rosadas palpando la Máquina del Tiempo. Felizmente entonces, cuando aún no era demasiado tarde, pensé en un peligro que hasta entonces había olvidado, y extendiendo la mano por encima de los barrotes de la máquina desenrosqué las palanquitas que la pondrían en movimiento, y me las guardé en el bolsillo.

Entonces me volví de nuevo para ver qué podía hacer en materia de comunicación.

"Y luego, observando más detenidamente sus rasgos, vi algunas peculiaridades más en su tipo de belleza de porcelana de Dresde. Su pelo, uniformemente rizado, terminaba en punta en el cuello y las mejillas; no había ni la más leve insinuación de él en la cara, y sus orejas eran singularmente diminutas. Las bocas eran pequeñas, con labios rojos y brillantes, más bien finos, y la barbilla era puntiaguda. Los ojos eran grandes y suaves, y -esto puede parecer egoísmo por mi parte- me pareció incluso que había en ellos una cierta falta del interés que habría podido esperar.

"Como no hicieron ningún esfuerzo por comunicarse conmigo, sino que se limitaron a permanecer de pie a mi alrededor sonriendo y hablando entre ellos con suaves arrullos, inicié la conversación. Señalé la Máquina del Tiempo y a mí mismo. Luego, dudando un instante sobre cómo expresar el Tiempo, señalé al sol. Al instante, una figurita pintorescamente bonita, vestida de púrpura y blanco a cuadros, siguió mi gesto, y luego me asombró imitando el sonido de un trueno.

But I made a sudden motion to warn them when I saw their little pink hands feeling at the Time Machine. Happily then, when it was not too late, I thought of a danger I had hitherto forgotten, and reaching over the bars of the machine I unscrewed the little levers that would set it in motion, and put these in my pocket.

Then I turned again to see what I could do in the way of communication.

"And then, looking more nearly into their features, I saw some further peculiarities in their Dresden china type of prettiness. Their hair, which was uniformly curly, came to a sharp end at the neck and cheek; there was not the faintest suggestion of it on the face, and their ears were singularly minute. The mouths were small, with bright red, rather thin lips, and the little chins ran to a point. The eyes were large and mild; and—this may seem egotism on my part—I fancied even that there was a certain lack of the interest I might have expected in them.

"As they made no effort to communicate with me, but simply stood round me smiling and speaking in soft cooing notes to each other, I began the conversation. I pointed to the Time Machine and to myself. Then, hesitating for a moment how to express Time, I pointed to the sun. At once a quaintly pretty little figure in chequered purple and white followed my gesture, and then astonished me by imitating the sound of thunder.

"Por un momento me quedé perplejo, aunque el significado de su gesto era bastante claro. La pregunta había surgido bruscamente en mi mente: ¿eran tontas estas criaturas? Quizá no entiendas cómo me sorprendió. Verás, siempre había previsto que la gente del año Ochocientos Dos Mil impares nos aventajaría increíblemente en conocimientos, arte, en todo.

Entonces, uno de ellos me hizo de repente una pregunta que demostraba que estaba al nivel intelectual de uno de nuestros niños de cinco años: ¡me preguntó, de hecho, si había venido del sol en una tormenta! Dejó escapar el juicio que había suspendido sobre sus ropas, sus miembros frágiles y ligeros y sus rasgos frágiles.

Una corriente de decepción recorrió mi mente. Por un momento sentí que había construido la Máquina del Tiempo en vano.

"Asentí con la cabeza, señalé al sol y les hice una representación tan vívida de un trueno que se sobresaltaron. Todos se retiraron un paso más o menos e hicieron una reverencia. Entonces vino uno riendo hacia mí, llevando una cadena de hermosas flores totalmente nuevas para mí, y me la puso en el cuello. La idea fue recibida con un melodioso aplauso, y al poco rato todos corrían de un lado a otro en busca de flores y me las arrojaban riendo hasta que casi me asfixiaban con sus flores.

"For a moment I was staggered, though the import of his gesture was plain enough. The question had come into my mind abruptly: were these creatures fools? You may hardly understand how it took me. You see, I had always anticipated that the people of the year Eight Hundred and Two Thousand odd would be incredibly in front of us in knowledge, art, everything.

Then one of them suddenly asked me a question that showed him to be on the intellectual level of one of our five-year-old children—asked me, in fact, if I had come from the sun in a thunderstorm! It let loose the judgment I had suspended upon their clothes, their frail light limbs, and fragile features.

A flow of disappointment rushed across my mind. For a moment I felt that I had built the Time Machine in vain.

"I nodded, pointed to the sun, and gave them such a vivid rendering of a thunderclap as startled them. They all withdrew a pace or so and bowed. Then came one laughing towards me, carrying a chain of beautiful flowers altogether new to me, and put it about my neck. The idea was received with melodious applause; and presently they were all running to and fro for flowers, and laughingly flinging them upon me until I was almost smothered with blossom.

Tú, que nunca has visto una igual, apenas puedes imaginarte qué delicadas y maravillosas flores habían creado incontables años de cultivo. Entonces alguien sugirió que su juguete se expusiera en el edificio más cercano, y así me condujeron junto a la esfinge de mármol blanco, que había parecido observarme todo el tiempo con una sonrisa ante mi asombro, hacia un vasto edificio gris de piedra calada.

Mientras les acompañaba, acudió a mi mente, con irresistible alegría, el recuerdo de mis confiadas anticipaciones de una posteridad profundamente grave e intelectual.

"El edificio tenía una entrada enorme, y en conjunto era de dimensiones colosales. Naturalmente, yo estaba más ocupado con la creciente multitud de gente menuda, y con los grandes portales abiertos que bostezaban ante mí sombríos y misteriosos. Mi impresión general del mundo que veía por encima de sus cabezas era la de un enmarañado desperdicio de hermosos arbustos y flores, un jardín descuidado durante mucho tiempo y aún sin maleza. Vi varias espigas altas de extrañas flores blancas, que medían unos treinta centímetros tal vez por la extensión de los pétalos encerados. Crecían esparcidas, como silvestres, entre los abigarrados arbustos, pero, como digo, no las examiné de cerca en aquel momento. La Máquina del Tiempo quedó desierta sobre el césped, entre los rododendros.

You who have never seen the like can scarcely imagine what delicate and wonderful flowers countless years of culture had created. Then someone suggested that their plaything should be exhibited in the nearest building, and so I was led past the sphinx of white marble, which had seemed to watch me all the while with a smile at my astonishment, towards a vast grey edifice of fretted stone.

As I went with them the memory of my confident anticipations of a profoundly grave and intellectual posterity came, with irresistible merriment, to my mind.

"The building had a huge entry, and was altogether of colossal dimensions. I was naturally most occupied with the growing crowd of little people, and with the big open portals that yawned before me shadowy and mysterious. My general impression of the world I saw over their heads was a tangled waste of beautiful bushes and flowers, a long neglected and yet weedless garden. I saw a number of tall spikes of strange white flowers, measuring a foot perhaps across the spread of the waxen petals. They grew scattered, as if wild, among the variegated shrubs, but, as I say, I did not examine them closely at this time. The Time Machine was left deserted on the turf among the rhododendrons.

"El arco de la puerta estaba ricamente tallado, pero, naturalmente, no lo observé con detenimiento, aunque me pareció ver sugerencias de antiguas decoraciones fúnebres al pasar, y me pareció que estaban muy rotas y desgastadas por la intemperie. Varias personas más, vestidas con ropas brillantes, se reunieron conmigo en la puerta, y así entramos, yo, vestido con ropas mugrientas del siglo XIX, con un aspecto bastante grotesco, adornado con guirnaldas de flores y rodeado de una masa arremolinada de túnicas brillantes de colores suaves y miembros blancos y relucientes, en un melodioso torbellino de risas y palabras risueñas.

"La gran puerta se abría a un vestíbulo proporcionalmente grande, colgado de marrón. El techo estaba en sombra, y las ventanas, en parte acristaladas con vidrios de colores y en parte sin acristalar, admitían una luz templada. El suelo estaba formado por enormes bloques de un metal blanco muy duro, no planchas ni losas, y estaba tan desgastado, según juzgué por el ir y venir de generaciones pasadas, que estaba profundamente canalizado a lo largo de los caminos más frecuentados.

Transversalmente a lo largo había innumerables mesas hechas de losas de piedra pulida, elevadas, tal vez, un palmo del suelo, y sobre ellas había montones de frutas. Algunas las reconocí como una especie de frambuesas y naranjas hipertrofiadas, pero en su mayor parte eran extrañas.

"The arch of the doorway was richly carved, but naturally I did not observe the carving very narrowly, though I fancied I saw suggestions of old Phœnician decorations as I passed through, and it struck me that they were very badly broken and weather-worn. Several more brightly clad people met me in the doorway, and so we entered, I, dressed in dingy nineteenth-century garments, looking grotesque enough, garlanded with flowers, and surrounded by an eddying mass of bright, soft-coloured robes and shining white limbs, in a melodious whirl of laughter and laughing speech.

"The big doorway opened into a proportionately great hall hung with brown. The roof was in shadow, and the windows, partially glazed with coloured glass and partially unglazed, admitted a tempered light. The floor was made up of huge blocks of some very hard white metal, not plates nor slabs—blocks, and it was so much worn, as I judged by the going to and fro of past generations, as to be deeply channelled along the more frequented ways.

Transverse to the length were innumerable tables made of slabs of polished stone, raised, perhaps, a foot from the floor, and upon these were heaps of fruits. Some I recognised as a kind of hypertrophied raspberry and orange, but for the most part they were strange.

"Entre las mesas había esparcidos un gran número de cojines. Sobre ellos se sentaron mis conductores, haciéndome señas para que yo hiciera lo mismo. Con bastante falta de ceremonia, empezaron a comer la fruta con las manos, arrojando cáscaras y tallos, etc., en las aberturas redondas de los laterales de las mesas. No me resistí a seguir su ejemplo, pues me sentía sediento y hambriento. Mientras lo hacía, observé la sala a mi antojo.

"Y quizá lo que más me impresionó fue su aspecto ruinoso. Las vidrieras, que sólo mostraban un dibujo geométrico, estaban rotas en muchos sitios, y las cortinas que colgaban en la parte inferior estaban llenas de polvo. Y me llamó la atención que la esquina de la mesa de mármol que había cerca de mí estaba fracturada. No obstante, el efecto general era extremadamente rico y pintoresco. Había, tal vez, un par de centenares de personas cenando en la sala, y la mayoría de ellas, sentadas tan cerca de mí como podían acercarse, me observaban con interés, sus ojillos brillando sobre la fruta que estaban comiendo. Todos iban vestidos con el mismo material suave, pero fuerte y sedoso.

"Between the tables was scattered a great number of cushions. Upon these my conductors seated themselves, signing for me to do likewise. With a pretty absence of ceremony they began to eat the fruit with their hands, flinging peel and stalks, and so forth, into the round openings in the sides of the tables. I was not loath to follow their example, for I felt thirsty and hungry. As I did so I surveyed the hall at my leisure.

"And perhaps the thing that struck me most was its dilapidated look. The stained-glass windows, which displayed only a geometrical pattern, were broken in many places, and the curtains that hung across the lower end were thick with dust. And it caught my eye that the corner of the marble table near me was fractured. Nevertheless, the general effect was extremely rich and picturesque. There were, perhaps, a couple of hundred people dining in the hall, and most of them, seated as near to me as they could come, were watching me with interest, their little eyes shining over the fruit they were eating. All were clad in the same soft, and yet strong, silky material.

"La fruta, por cierto, era toda su dieta. Estas gentes del futuro remoto eran vegetarianos estrictos, y mientras estuve con ellos, a pesar de algunos antojos carnales, tuve que ser también frugívoro. En efecto, más tarde descubrí que caballos, vacas, ovejas y perros habían seguido al Ictiosaurio en la extinción. Pero las frutas eran deliciosas; una, en particular, que parecía estar en temporada todo el tiempo que pasé allí -una cosa harinosa en una cáscara de tres lados- era especialmente buena y la convertí en mi alimento básico. Al principio me extrañaban todas aquellas extrañas frutas y las extrañas flores que veía, pero más tarde empecé a darme cuenta de su importancia.

"Sin embargo, ahora te hablo de mi cena de frutas en un futuro lejano. Tan pronto como mi apetito estuvo un poco controlado, decidí hacer un decidido intento por aprender el habla de estos nuevos hombres míos. Estaba claro que eso era lo siguiente que debía hacer. Las frutas me parecieron un buen punto de partida, y levantando una de ellas empecé a hacer una serie de gestos y sonidos interrogativos.

Tuve algunas dificultades considerables para transmitir lo que quería decir. Al principio, mis esfuerzos se encontraron con una mirada de sorpresa o una risa inextinguible, pero enseguida una criaturita rubia pareció captar mi intención y repitió un nombre. Tuvieron que charlar y explicarse el asunto largo y tendido, y mis primeros intentos de emitir los pequeños y exquisitos sonidos de su lengua provocaron una inmensa diversión genuina, aunque incivil.

"Fruit, by the bye, was all their diet. These people of the remote future were strict vegetarians, and while I was with them, in spite of some carnal cravings, I had to be frugivorous also. Indeed, I found afterwards that horses, cattle, sheep, dogs, had followed the Ichthyosaurus into extinction. But the fruits were very delightful; one, in particular, that seemed to be in season all the time I was there—a floury thing in a three-sided husk—was especially good, and I made it my staple. At first I was puzzled by all these strange fruits, and by the strange flowers I saw, but later I began to perceive their import.

"However, I am telling you of my fruit dinner in the distant future now. So soon as my appetite was a little checked, I determined to make a resolute attempt to learn the speech of these new men of mine. Clearly that was the next thing to do. The fruits seemed a convenient thing to begin upon, and holding one of these up I began a series of interrogative sounds and gestures.

I had some considerable difficulty in conveying my meaning. At first my efforts met with a stare of surprise or inextinguishable laughter, but presently a fair-haired little creature seemed to grasp my intention and repeated a name. They had to chatter and explain the business at great length to each other, and my first attempts to make the exquisite little sounds of their language caused an immense amount of genuine, if uncivil, amusement.

Sin embargo, me sentí como un maestro de escuela en medio de niños y persistí, hasta que conseguí dominar al menos una veintena de sustantivos, y luego llegué a los pronombres demostrativos e incluso al verbo "comer". Pero era un trabajo lento, y los pequeños se cansaban pronto y querían huir de mis interrogatorios, así que decidí, más bien por necesidad, dejar que dieran sus lecciones en pequeñas dosis cuando se sintieran inclinados.

Y muy pequeñas dosis descubrí que eran al poco tiempo, pues nunca conocí gente más indolente ni que se fatigara con más facilidad.

However, I felt like a schoolmaster amidst children, and persisted, and presently I had a score of noun substantives at least at my command; and then I got to demonstrative pronouns, and even the verb 'to eat.' But it was slow work, and the little people soon tired and wanted to get away from my interrogations, so I determined, rather of necessity, to let them give their lessons in little doses when they felt inclined.

And very little doses I found they were before long, for I never met people more indolent or more easily fatigued.

The Sunset of Mankind

El Ocaso De La Humanidad

"Pronto descubrí algo extraño en mis pequeños anfitriones: su falta de interés. Se acercaban a mí con ansiosos gritos de asombro, como niños, pero, como niños, pronto dejaban de examinarme y se alejaban tras algún otro juguete. Terminada la cena y mis comienzos de conversación, observé por primera vez que casi todos los que me habían rodeado al principio se habían ido.

También es extraño lo rápido que llegué a despreciar a estas personitas. Volvía a salir por el portal al mundo iluminado por el sol en cuanto saciaba mi hambre. Continuamente me encontraba con más de estos hombres del futuro, que me seguían a poca distancia, charlaban y se reían de mí y, tras sonreír y gesticular amistosamente, volvían a abandonarme a mi suerte.

"A queer thing I soon discovered about my little hosts, and that was their lack of interest. They would come to me with eager cries of astonishment, like children, but, like children they would soon stop examining me, and wander away after some other toy. The dinner and my conversational beginnings ended, I noted for the first time that almost all those who had surrounded me at first were gone.

It is odd, too, how speedily I came to disregard these little people. I went out through the portal into the sunlit world again as soon as my hunger was satisfied. I was continually meeting more of these men of the future, who would follow me a little distance, chatter and laugh about me, and, having smiled and gesticulated in a friendly way, leave me again to my own devices.

"La calma del atardecer se cernía sobre el mundo cuando salí del gran salón, y la escena estaba iluminada por el cálido resplandor del sol poniente. Al principio todo era muy confuso. Todo era tan distinto del mundo que había conocido, incluso las flores. El gran edificio que había dejado estaba situado en la ladera de un amplio valle fluvial, pero el Támesis se había desplazado, tal vez, una milla desde su posición actual. Resolví subir a la cumbre de una cresta, quizá a una milla y media de distancia, desde la que podría obtener una vista más amplia de este nuestro planeta en el año Ochocientos Dos Mil Setecientos Uno d. C. Porque ésa, debía explicarlo, era la fecha que registraban los pequeños diales de mi máquina.

"Mientras caminaba, buscaba cualquier impresión que pudiera ayudar a explicar el estado de ruinoso esplendor en que encontraba el mundo, pues ruinoso era. Un poco más arriba de la colina, por ejemplo, había un gran montón de granito, unido por masas de aluminio, un vasto laberinto de paredes escarpadas y montones arrugados, en medio de los cuales había gruesos montones de plantas muy hermosas parecidas a pagodas -posiblemente hongos-, pero maravillosamente teñidas de marrón en las hojas e incapaces de picar.

Evidentemente, se trataba de los restos abandonados de una vasta estructura, cuya finalidad no pude determinar. Fue aquí donde estaba destinado a vivir, más tarde, una experiencia muy extraña, el primer indicio de un descubrimiento aún más extraño, pero de eso hablaré en su debido lugar.

"The calm of evening was upon the world as I emerged from the great hall, and the scene was lit by the warm glow of the setting sun. At first things were very confusing. Everything was so entirely different from the world I had known—even the flowers. The big building I had left was situated on the slope of a broad river valley, but the Thames had shifted, perhaps, a mile from its present position. I resolved to mount to the summit of a crest, perhaps a mile and a half away, from which I could get a wider view of this our planet in the year Eight Hundred and Two Thousand Seven Hundred and One, A.D. For that, I should explain, was the date the little dials of my machine recorded.

"As I walked I was watching for every impression that could possibly help to explain the condition of ruinous splendour in which I found the world—for ruinous it was. A little way up the hill, for instance, was a great heap of granite, bound together by masses of aluminium, a vast labyrinth of precipitous walls and crumpled heaps, amidst which were thick heaps of very beautiful pagoda-like plants—nettles possibly—but wonderfully tinted with brown about the leaves, and incapable of stinging.

It was evidently the derelict remains of some vast structure, to what end built I could not determine. It was here that I was destined, at a later date, to have a very strange experience—the first intimation of a still stranger discovery—but of that I will speak in its proper place.

"Mirando a mi alrededor, con un pensamiento repentino, desde una terraza en la que descansé un rato, me di cuenta de que no se veía ninguna casita. Al parecer, la casa única, y posiblemente incluso el hogar, habían desaparecido. Aquí y allá, entre la vegetación, había edificios parecidos a palacios, pero la casa y la cabaña, que constituyen rasgos tan característicos de nuestro paisaje inglés, habían desaparecido.

"'Comunismo', me dije.

"Y tras eso vino otro pensamiento. Miré a la media docena de pequeñas figuras que me seguían. Entonces, en un instante, percibí que todas tenían la misma forma de traje, el mismo rostro suave y sin pelo, y la misma rotundidad aniñada de miembros. Puede parecer extraño que no me hubiera dado cuenta de ello antes.

Pero todo era muy extraño. Ahora lo veía con toda claridad. En el atuendo y en todas las diferencias de textura y porte que ahora diferencian a los sexos, estas personas del futuro eran iguales. Y los niños me parecían las miniaturas de sus padres. Juzgué entonces que los niños de aquella época eran extremadamente precoces, al menos físicamente, y después encontré abundante verificación de mi opinión.

"Al ver la facilidad y la seguridad en que vivía esta gente, sentí que esta estrecha semejanza de los sexos era, después de todo, lo que cabía esperar; pues la fuerza del hombre y la suavidad de la mujer, la institución de la familia y la diferenciación de las ocupaciones son meras necesidades militantes de una época de fuerza física.

"Looking round, with a sudden thought, from a terrace on which I rested for a while, I realised that there were no small houses to be seen. Apparently the single house, and possibly even the household, had vanished. Here and there among the greenery were palace-like buildings, but the house and the cottage, which form such characteristic features of our own English landscape, had disappeared.

"'Communism,' said I to myself.

"And on the heels of that came another thought. I looked at the half-dozen little figures that were following me. Then, in a flash, I perceived that all had the same form of costume, the same soft hairless visage, and the same girlish rotundity of limb. It may seem strange, perhaps, that I had not noticed this before.

But everything was so strange. Now, I saw the fact plainly enough. In costume, and in all the differences of texture and bearing that now mark off the sexes from each other, these people of the future were alike. And the children seemed to my eyes to be but the miniatures of their parents. I judged then that the children of that time were extremely precocious, physically at least, and I found afterwards abundant verification of my opinion.

"Seeing the ease and security in which these people were living, I felt that this close resemblance of the sexes was after all what one would expect; for the strength of a man and the softness of a woman, the institution of the family, and the differentiation of occupations are mere militant necessities of an age of physical force.

Cuando la población es equilibrada y abundante, la procreación se convierte en un mal más que en una bendición para el Estado; cuando la violencia es escasa y la descendencia está asegurada, hay menos necesidad -de hecho, no hay necesidad- de una familia eficiente, y desaparece la especialización de los sexos en relación con las necesidades de sus hijos.

Vemos algunos comienzos de esto incluso en nuestra propia época, y en esta época futura se completó. Esto, debo recordártelo, era mi especulación en aquel momento. Más tarde, me di cuenta de lo lejos que estaba de la realidad.

"Mientras cavilaba sobre estas cosas, atrajo mi atención una bonita y pequeña estructura, como un pozo bajo una cúpula. Pensé de forma transitoria en lo extraño de que aún existieran pozos, y luego reanudé el hilo de mis especulaciones. No había grandes edificios hacia la cima de la colina, y como mis facultades para caminar eran evidentemente milagrosas, enseguida me quedé solo por primera vez. Con una extraña sensación de libertad y aventura, subí hasta la cima.

"Allí encontré un asiento de un metal amarillo que no reconocí, corroído en algunas partes por una especie de óxido rosáceo y medio cubierto de musgo blando, con los reposabrazos moldeados y limados en forma de cabeza de grifo. Me senté en él y contemplé la amplia vista de nuestro viejo mundo bajo el ocaso de aquel largo día.

Where population is balanced and abundant, much childbearing becomes an evil rather than a blessing to the State; where violence comes but rarely and offspring are secure, there is less necessity—indeed there is no necessity—for an efficient family, and the specialisation of the sexes with reference to their children's needs disappears.

We see some beginnings of this even in our own time, and in this future age it was complete. This, I must remind you, was my speculation at the time. Later, I was to appreciate how far it fell short of the reality.

"While I was musing upon these things, my attention was attracted by a pretty little structure, like a well under a cupola. I thought in a transitory way of the oddness of wells still existing, and then resumed the thread of my speculations. There were no large buildings towards the top of the hill, and as my walking powers were evidently miraculous, I was presently left alone for the first time. With a strange sense of freedom and adventure I pushed on up to the crest.

"There I found a seat of some yellow metal that I did not recognise, corroded in places with a kind of pinkish rust and half smothered in soft moss, the arm-rests cast and filed into the resemblance of griffins' heads. I sat down on it, and I surveyed the broad view of our old world under the sunset of that long day.

Era una vista tan dulce y hermosa como jamás había visto. El sol ya había descendido por debajo del horizonte y el oeste era de un dorado flamígero, tocado con algunas barras horizontales de púrpura y carmesí. Abajo estaba el valle del Támesis, en el que el río yacía como una banda de acero bruñido. Ya he hablado de los grandes palacios que salpicaban el abigarrado verdor, algunos en ruinas y otros aún ocupados.

Aquí y allá se alzaba una figura blanca o plateada en el jardín baldío de la tierra, aquí y allá aparecía la aguda línea vertical de alguna cúpula u obelisco. No había setos, ni signos de derechos de propiedad, ni evidencias de agricultura; toda la tierra se había convertido en un jardín.

"Así que, observando, empecé a poner mi interpretación sobre las cosas que había visto, y tal como se me presentó aquella tarde, mi interpretación fue algo parecido a esto. (Más tarde descubrí que sólo había obtenido una verdad a medias, o sólo un atisbo de una faceta de la verdad).

"Me pareció encontrarme con la humanidad en decadencia. El rojizo atardecer me hizo pensar en el ocaso de la humanidad. Por primera vez empecé a darme cuenta de una extraña consecuencia del esfuerzo social en el que estamos comprometidos actualmente. Y sin embargo, pensándolo bien, es una consecuencia bastante lógica.

It was as sweet and fair a view as I have ever seen. The sun had already gone below the horizon and the west was flaming gold, touched with some horizontal bars of purple and crimson. Below was the valley of the Thames, in which the river lay like a band of burnished steel. I have already spoken of the great palaces dotted about among the variegated greenery, some in ruins and some still occupied.

Here and there rose a white or silvery figure in the waste garden of the earth, here and there came the sharp vertical line of some cupola or obelisk. There were no hedges, no signs of proprietary rights, no evidences of agriculture; the whole earth had become a garden.

"So watching, I began to put my interpretation upon the things I had seen, and as it shaped itself to me that evening, my interpretation was something in this way. (Afterwards I found I had got only a half truth—or only a glimpse of one facet of the truth.)

"It seemed to me that I had happened upon humanity upon the wane. The ruddy sunset set me thinking of the sunset of mankind. For the first time I began to realise an odd consequence of the social effort in which we are at present engaged. And yet, come to think, it is a logical consequence enough.

La fuerza es el resultado de la necesidad; la seguridad prima sobre la debilidad. La obra de mejora de las condiciones de vida -el verdadero proceso civilizador que hace la vida cada vez más segura- había alcanzado su punto culminante. Un triunfo de la humanidad unida sobre la Naturaleza había seguido a otro. Cosas que ahora eran meros sueños se habían convertido en proyectos deliberadamente puestos en marcha y llevados adelante.

¡Y la cosecha fue lo que vi!

"Al fin y al cabo, la sanidad y la agricultura actuales se encuentran todavía en una fase rudimentaria. La ciencia de nuestro tiempo no ha atacado más que un pequeño departamento del campo de las enfermedades humanas, pero, aun así, extiende sus operaciones de forma muy constante y persistente. Nuestra agricultura y horticultura destruyen una mala hierba aquí y allá y cultivan quizá una veintena de plantas sanas, dejando que el mayor número luche por el equilibrio como pueda.

Mejoramos nuestras plantas y animales favoritos -y qué pocos son- gradualmente mediante la cría selectiva; ahora un melocotón nuevo y mejor, ahora una uva sin semillas, ahora una flor más dulce y grande, ahora una raza de ganado más conveniente. Las mejoramos gradualmente, porque nuestros ideales son vagos y provisionales, y nuestros conocimientos muy limitados; porque la Naturaleza también es tímida y lenta en nuestras torpes manos.

Strength is the outcome of need; security sets a premium on feebleness. The work of ameliorating the conditions of life—the true civilising process that makes life more and more secure—had gone steadily on to a climax. One triumph of a united humanity over Nature had followed another. Things that are now mere dreams had become projects deliberately put in hand and carried forward.

And the harvest was what I saw!

"After all, the sanitation and the agriculture of today are still in the rudimentary stage. The science of our time has attacked but a little department of the field of human disease, but, even so, it spreads its operations very steadily and persistently. Our agriculture and horticulture destroy a weed just here and there and cultivate perhaps a score or so of wholesome plants, leaving the greater number to fight out a balance as they can.

We improve our favourite plants and animals—and how few they are—gradually by selective breeding; now a new and better peach, now a seedless grape, now a sweeter and larger flower, now a more convenient breed of cattle. We improve them gradually, because our ideals are vague and tentative, and our knowledge is very limited; because Nature, too, is shy and slow in our clumsy hands.

Algún día todo esto estará mejor organizado, y aún mejor. Ésa es la deriva de la corriente a pesar de los remolinos. El mundo entero será inteligente, educado y cooperará; las cosas avanzarán cada vez más deprisa hacia el sometimiento de la Naturaleza. Al final, sabia y cuidadosamente reajustaremos el equilibrio de la vida animal y vegetal para adaptarlo a nuestras necesidades humanas.

"Este ajuste, digo, debía de estar hecho, y bien hecho; hecho de hecho para todo el Tiempo, en el espacio de Tiempo a través del cual mi máquina había saltado. El aire estaba libre de mosquitos, la tierra de malas hierbas u hongos; por todas partes había frutas y flores dulces y deliciosas; brillantes mariposas volaban de aquí para allá. Se había alcanzado el ideal de la medicina preventiva. Las enfermedades habían sido erradicadas. No vi indicios de ninguna enfermedad contagiosa durante toda mi estancia. Y tendré que decirte más tarde que incluso los procesos de putrefacción y descomposición se habían visto profundamente afectados por estos cambios.

"También se habían logrado triunfos sociales. Vi a la humanidad alojada en espléndidos refugios, gloriosamente vestida, y hasta entonces no la había encontrado ocupada en ningún trabajo. No había signos de lucha, ni social ni económica. La tienda, el anuncio, el tráfico, todo ese comercio que constituye el cuerpo de nuestro mundo, había desaparecido. Era natural que en aquella tarde dorada me asaltara la idea de un paraíso social. La dificultad de aumentar la población se había superado, supuse, y la población había dejado de aumentar.

Some day all this will be better organised, and still better. That is the drift of the current in spite of the eddies. The whole world will be intelligent, educated, and co-operating; things will move faster and faster towards the subjugation of Nature. In the end, wisely and carefully we shall readjust the balance of animal and vegetable life to suit our human needs.

"This adjustment, I say, must have been done, and done well; done indeed for all Time, in the space of Time across which my machine had leapt. The air was free from gnats, the earth from weeds or fungi; everywhere were fruits and sweet and delightful flowers; brilliant butterflies flew hither and thither. The ideal of preventive medicine was attained. Diseases had been stamped out. I saw no evidence of any contagious diseases during all my stay. And I shall have to tell you later that even the processes of putrefaction and decay had been profoundly affected by these changes.

"Social triumphs, too, had been effected. I saw mankind housed in splendid shelters, gloriously clothed, and as yet I had found them engaged in no toil. There were no signs of struggle, neither social nor economical struggle. The shop, the advertisement, traffic, all that commerce which constitutes the body of our world, was gone. It was natural on that golden evening that I should jump at the idea of a social paradise. The difficulty of increasing population had been met, I guessed, and population had ceased to increase.

"Pero con este cambio de condición vienen inevitablemente las adaptaciones al cambio. ¿Cuál es, a menos que la ciencia biológica sea un cúmulo de errores, la causa de la inteligencia y el vigor humanos? La penuria y la libertad: condiciones en las que los activos, fuertes y sutiles sobreviven y los más débiles van al paredón; condiciones que priman la alianza leal de los hombres capaces, el autocontrol, la paciencia y la decisión.

Y la institución de la familia, y las emociones que surgen en ella, los celos feroces, la ternura por la prole, la abnegación paterna, todo ello encontró su justificación y apoyo en los peligros inminentes de los jóvenes. *Ahora*, ¿dónde están esos peligros inminentes? Está surgiendo un sentimiento, y crecerá, contra los celos conyugales, contra la maternidad feroz, contra la pasión de todo tipo; cosas innecesarias ahora, y cosas que nos incomodan, supervivencias salvajes, discordias en una vida refinada y agradable.

"Pensé en la delgadez física de la gente, en su falta de inteligencia y en aquellas grandes y abundantes ruinas, y ello reforzó mi creencia en una perfecta conquista de la Naturaleza. Porque después de la batalla viene el Silencio. La Humanidad había sido fuerte, enérgica e inteligente, y había utilizado toda su abundante vitalidad para alterar las condiciones en las que vivía. Y ahora llegaba la reacción de las condiciones alteradas.

"But with this change in condition comes inevitably adaptations to the change. What, unless biological science is a mass of errors, is the cause of human intelligence and vigour? Hardship and freedom: conditions under which the active, strong, and subtle survive and the weaker go to the wall; conditions that put a premium upon the loyal alliance of capable men, upon self-restraint, patience, and decision.

And the institution of the family, and the emotions that arise therein, the fierce jealousy, the tenderness for offspring, parental self-devotion, all found their justification and support in the imminent dangers of the young. *Now*, where are these imminent dangers? There is a sentiment arising, and it will grow, against connubial jealousy, against fierce maternity, against passion of all sorts; unnecessary things now, and things that make us uncomfortable, savage survivals, discords in a refined and pleasant life.

"I thought of the physical slightness of the people, their lack of intelligence, and those big abundant ruins, and it strengthened my belief in a perfect conquest of Nature. For after the battle comes Quiet. Humanity had been strong, energetic, and intelligent, and had used all its abundant vitality to alter the conditions under which it lived. And now came the reaction of the altered conditions.

"En las nuevas condiciones de comodidad y seguridad perfectas, esa energía inquieta, que para nosotros es fuerza, se convertiría en debilidad. Incluso en nuestra época, ciertas tendencias y deseos, antaño necesarios para la supervivencia, son una fuente constante de fracasos. El valor físico y el amor a la batalla, por ejemplo, no son de gran ayuda -incluso pueden ser obstáculos- para un hombre civilizado.

Y en un estado de equilibrio físico y seguridad, el poder, tanto intelectual como físico, estaría fuera de lugar. Durante incontables años juzgué que no había habido peligro de guerra o violencia solitaria, ni peligro de bestias salvajes, ni enfermedades debilitantes que requirieran fuerza de constitución, ni necesidad de trabajo. Para una vida así, lo que deberíamos llamar los débiles están tan bien equipados como los fuertes, de hecho ya no son débiles.

De hecho, están mejor equipados, pues los fuertes se verían desbordados por una energía para la que no había salida. Sin duda, la exquisita belleza de los edificios que vi era el resultado de las últimas intervenciones de la energía de la humanidad, ahora sin propósito, antes de que se estableciera en perfecta armonía con las condiciones en las que vivía: el florecimiento de aquel triunfo que inició la última gran paz.

Éste ha sido siempre el destino de la energía en la seguridad; se lleva al arte y al erotismo, y luego vienen la languidez y la decadencia.

"Under the new conditions of perfect comfort and security, that restless energy, that with us is strength, would become weakness. Even in our own time certain tendencies and desires, once necessary to survival, are a constant source of failure. Physical courage and the love of battle, for instance, are no great help—may even be hindrances—to a civilised man.

And in a state of physical balance and security, power, intellectual as well as physical, would be out of place. For countless years I judged there had been no danger of war or solitary violence, no danger from wild beasts, no wasting disease to require strength of constitution, no need of toil. For such a life, what we should call the weak are as well equipped as the strong, are indeed no longer weak.

Better equipped indeed they are, for the strong would be fretted by an energy for which there was no outlet. No doubt the exquisite beauty of the buildings I saw was the outcome of the last surgings of the now purposeless energy of mankind before it settled down into perfect harmony with the conditions under which it lived—the flourish of that triumph which began the last great peace.

This has ever been the fate of energy in security; it takes to art and to eroticism, and then come languor and decay.

"Incluso este ímpetu artístico moriría al fin: casi había muerto en el Tiempo que vi. Adornarse con flores, bailar, cantar a la luz del sol: tanto quedaba del espíritu artístico, y nada más. Incluso eso se desvanecería al final en una satisfecha inactividad. El dolor y la necesidad nos mantienen afilados, ¡y me pareció que por fin se había roto esa odiosa piedra de afilar!

"Mientras permanecía allí, en la penumbra, pensé que con esta sencilla explicación había resuelto el problema del mundo, había desentrañado todo el secreto de este delicioso pueblo. Posiblemente los controles que habían ideado para aumentar la población habían tenido demasiado éxito, y su número había disminuido en lugar de mantenerse estacionario. Eso explicaría las ruinas abandonadas. Mi explicación era muy sencilla y bastante plausible, como la mayoría de las teorías erróneas.

"Even this artistic impetus would at last die away—had almost died in the Time I saw. To adorn themselves with flowers, to dance, to sing in the sunlight: so much was left of the artistic spirit, and no more. Even that would fade in the end into a contented inactivity. We are kept keen on the grindstone of pain and necessity, and it seemed to me that here was that hateful grindstone broken at last!

"As I stood there in the gathering dark I thought that in this simple explanation I had mastered the problem of the world—mastered the whole secret of these delicious people. Possibly the checks they had devised for the increase of population had succeeded too well, and their numbers had rather diminished than kept stationary. That would account for the abandoned ruins. Very simple was my explanation, and plausible enough—as most wrong theories are!

A Sudden Shock

Un Shock Repentino

"Mientras estaba allí meditando sobre este triunfo demasiado perfecto del hombre, la luna llena, amarilla y gibosa, surgió de un desbordamiento de luz plateada en el nordeste. Las pequeñas figuras brillantes dejaron de moverse por debajo, un búho silencioso pasó revoloteando y yo temblé con el frío de la noche. Decidí descender y encontrar un lugar donde pudiera dormir.

"Busqué el edificio que conocía. Entonces mi vista se dirigió hacia la figura de la Esfinge Blanca sobre el pedestal de bronce, que se distinguía cada vez mejor a medida que la luz de la luna creciente se hacía más brillante. Podía ver el abedul plateado contra ella. Allí estaba la maraña de arbustos de rododendro, negros a la pálida luz, y allí estaba el pequeño césped. Volví a mirar el césped. Una extraña duda heló mi complacencia. No", me dije con firmeza, "ése no era el césped".

"Pero *era* el césped. Pues el rostro blanco y leproso de la esfinge estaba hacia él. ¿Puedes imaginar lo que sentí cuando me llegó esta convicción? Pero no puedes. ¡La Máquina del Tiempo había desaparecido!

"As I stood there musing over this too perfect triumph of man, the full moon, yellow and gibbous, came up out of an overflow of silver light in the north-east. The bright little figures ceased to move about below, a noiseless owl flitted by, and I shivered with the chill of the night. I determined to descend and find where I could sleep.

"I looked for the building I knew. Then my eye travelled along to the figure of the White Sphinx upon the pedestal of bronze, growing distinct as the light of the rising moon grew brighter. I could see the silver birch against it. There was the tangle of rhododendron bushes, black in the pale light, and there was the little lawn. I looked at the lawn again. A queer doubt chilled my complacency. 'No,' said I stoutly to myself, 'that was not the lawn.'

"But it *was* the lawn. For the white leprous face of the sphinx was towards it. Can you imagine what I felt as this conviction came home to me? But you cannot. The Time Machine was gone!

"Al instante, como un latigazo en la cara, llegó la posibilidad de perder mi propia edad, de quedar desamparado en este extraño mundo nuevo. El mero hecho de pensarlo me producía una sensación física. Sentía que me atenazaba la garganta y me impedía respirar. En otro momento estaba en una pasión de miedo y corriendo a grandes zancadas ladera abajo.

Una vez me caí de cabeza y me hice un corte en la cara; no perdí tiempo en contener la sangre, sino que me levanté de un salto y seguí corriendo, con un hilillo caliente por la mejilla y la barbilla. Todo el tiempo que corría me decía: "Lo han movido un poco, lo han empujado bajo los arbustos para que no estorbe". Sin embargo, corrí con todas mis fuerzas.

En todo momento, con la certeza que a veces acompaña al miedo excesivo, supe que tal seguridad era una locura, supe instintivamente que la máquina se alejaba de mi alcance. Respiraba con dolor. Supongo que cubrí toda la distancia desde la cresta de la colina hasta el pequeño césped, tres kilómetros quizás, en diez minutos.

Y no soy un hombre joven. Maldije en voz alta, mientras corría, mi confiada insensatez al abandonar la máquina, malgastando con ello un buen aliento. Grité en voz alta y nadie me respondió. Ninguna criatura parecía moverse en aquel mundo iluminado por la luna.

"At once, like a lash across the face, came the possibility of losing my own age, of being left helpless in this strange new world. The bare thought of it was an actual physical sensation. I could feel it grip me at the throat and stop my breathing. In another moment I was in a passion of fear and running with great leaping strides down the slope.

Once I fell headlong and cut my face; I lost no time in stanching the blood, but jumped up and ran on, with a warm trickle down my cheek and chin. All the time I ran I was saying to myself: 'They have moved it a little, pushed it under the bushes out of the way.' Nevertheless, I ran with all my might.

All the time, with the certainty that sometimes comes with excessive dread, I knew that such assurance was folly, knew instinctively that the machine was removed out of my reach. My breath came with pain. I suppose I covered the whole distance from the hill crest to the little lawn, two miles perhaps, in ten minutes.

And I am not a young man. I cursed aloud, as I ran, at my confident folly in leaving the machine, wasting good breath thereby. I cried aloud, and none answered. Not a creature seemed to be stirring in that moonlit world.

"Cuando llegué al césped se hicieron realidad mis peores temores. No se veía ni rastro de aquella cosa. Me sentí débil y frío cuando me enfrenté al espacio vacío entre la negra maraña de arbustos. Lo rodeé furiosamente, como si la cosa pudiera estar escondida en un rincón, y luego me detuve bruscamente, con las manos agarrándome el pelo. Sobre mí se alzaba la esfinge, sobre el pedestal de bronce, blanca, brillante, leprosa, a la luz de la luna naciente. Parecía sonreír burlándose de mi consternación.

"Podría haberme consolado imaginando que la gentecilla había puesto el mecanismo en algún refugio para mí, si no me hubiera sentido seguro de su insuficiencia física e intelectual. Eso era lo que me consternaba: la sensación de algún poder hasta entonces insospechado, por cuya intervención mi invento se había desvanecido. Sin embargo, de una cosa estaba seguro: a menos que otra época hubiera producido su duplicado exacto, la máquina no podría haberse movido en el tiempo. La fijación de las palancas -más adelante te mostraré el método- impedía que nadie pudiera manipularla de ese modo cuando se retiraban. Se había movido, y estaba oculta, sólo en el espacio. Pero entonces, ¿dónde podía estar?

"When I reached the lawn my worst fears were realised. Not a trace of the thing was to be seen. I felt faint and cold when I faced the empty space among the black tangle of bushes. I ran round it furiously, as if the thing might be hidden in a corner, and then stopped abruptly, with my hands clutching my hair. Above me towered the sphinx, upon the bronze pedestal, white, shining, leprous, in the light of the rising moon. It seemed to smile in mockery of my dismay.

"I might have consoled myself by imagining the little people had put the mechanism in some shelter for me, had I not felt assured of their physical and intellectual inadequacy. That is what dismayed me: the sense of some hitherto unsuspected power, through whose intervention my invention had vanished. Yet, for one thing I felt assured: unless some other age had produced its exact duplicate, the machine could not have moved in time. The attachment of the levers—I will show you the method later—prevented anyone from tampering with it in that way when they were removed. It had moved, and was hid, only in space. But then, where could it be?

"Creo que tuve una especie de frenesí. Recuerdo que corría violentamente entre los arbustos iluminados por la luna que rodeaban la esfinge, y que asusté a un animal blanco que, en la penumbra, tomé por un pequeño ciervo. Recuerdo también que, entrada la noche, golpeé los arbustos con el puño cerrado hasta que los nudillos se me hirieron y sangraron por las ramitas rotas. Entonces, sollozando y desvariando en mi angustia mental, bajé al gran edificio de piedra. El gran vestíbulo estaba oscuro, silencioso y desierto. Resbalé en el suelo irregular y caí sobre una de las mesas de malaquita, casi rompiéndome la espinilla. Encendí una cerilla y pasé junto a las cortinas polvorientas de las que te he hablado.

"Allí encontré una segunda gran sala cubierta de cojines, sobre los que, tal vez, dormían una veintena de personitas. No dudo de que les pareció bastante extraña mi segunda aparición, saliendo de repente de la tranquila oscuridad con ruidos inarticulados y el chisporroteo y el resplandor de una cerilla.

Pues se habían olvidado de las cerillas. ¿Dónde está mi Máquina del Tiempo? empecé, berreando como una niña enfadada, poniéndoles las manos encima y sacudiéndoles entre todos. Debió de resultarles muy extraño. Algunos se rieron, pero la mayoría parecían muy asustados. Cuando los vi de pie a mi alrededor, me vino a la cabeza que estaba haciendo la mayor tontería posible, dadas las circunstancias, al intentar reavivar la sensación de miedo.

Pues, razonando a partir de su comportamiento a la luz del día, pensé que el miedo debía estar olvidado.

"I think I must have had a kind of frenzy. I remember running violently in and out among the moonlit bushes all round the sphinx, and startling some white animal that, in the dim light, I took for a small deer. I remember, too, late that night, beating the bushes with my clenched fist until my knuckles were gashed and bleeding from the broken twigs. Then, sobbing and raving in my anguish of mind, I went down to the great building of stone. The big hall was dark, silent, and deserted. I slipped on the uneven floor, and fell over one of the malachite tables, almost breaking my shin. I lit a match and went on past the dusty curtains, of which I have told you.

"There I found a second great hall covered with cushions, upon which, perhaps, a score or so of the little people were sleeping. I have no doubt they found my second appearance strange enough, coming suddenly out of the quiet darkness with inarticulate noises and the splutter and flare of a match.

For they had forgotten about matches. 'Where is my Time Machine?' I began, bawling like an angry child, laying hands upon them and shaking them up together. It must have been very queer to them. Some laughed, most of them looked sorely frightened. When I saw them standing round me, it came into my head that I was doing as foolish a thing as it was possible for me to do under the circumstances, in trying to revive the sensation of fear.

For, reasoning from their daylight behaviour, I thought that fear must be forgotten.

"De repente, me precipité por el fósforo y, derribando a una de las personas en mi carrera, fui dando tumbos por el gran comedor de nuevo, a la luz de la luna. Oí gritos de terror y sus piececitos corriendo y tropezando de un lado a otro. No recuerdo todo lo que hice mientras la luna subía por el cielo.

Supongo que fue la naturaleza inesperada de mi pérdida lo que me enloqueció. Me sentía irremediablemente aislada de los míos, un animal extraño en un mundo desconocido. Debí de desvariar de un lado a otro, gritando y clamando a Dios y al Destino. Tengo el recuerdo de una horrible fatiga, a medida que se iba consumiendo la larga noche de desesperación; de buscar en este lugar imposible y en aquel otro; de andar a tientas entre ruinas iluminadas por la luna y tocar extrañas criaturas en las negras sombras; por fin, de tumbarme en el suelo cerca de la esfinge y llorar con absoluta desdicha, incluso la rabia por la insensatez de haber abandonado la máquina se había escapado con mis fuerzas.

No me quedaba más que la miseria. Luego dormí, y cuando volví a despertar era pleno día, y un par de gorriones saltaban a mi alrededor sobre el césped, al alcance de mi brazo.

"Me incorporé en la frescura de la mañana, intentando recordar cómo había llegado hasta allí, y por qué tenía una sensación tan profunda de abandono y desesperación. Entonces las cosas se aclararon en mi mente. Con la clara y razonable luz del día, pude mirar mis circunstancias de frente. Vi la locura de mi frenesí de la noche a la mañana y pude razonar conmigo misma.

"Abruptly, I dashed down the match, and knocking one of the people over in my course, went blundering across the big dining-hall again, out under the moonlight. I heard cries of terror and their little feet running and stumbling this way and that. I do not remember all I did as the moon crept up the sky.

I suppose it was the unexpected nature of my loss that maddened me. I felt hopelessly cut off from my own kind—a strange animal in an unknown world. I must have raved to and fro, screaming and crying upon God and Fate. I have a memory of horrible fatigue, as the long night of despair wore away; of looking in this impossible place and that; of groping among moonlit ruins and touching strange creatures in the black shadows; at last, of lying on the ground near the sphinx and weeping with absolute wretchedness, even anger at the folly of leaving the machine having leaked away with my strength.

I had nothing left but misery. Then I slept, and when I woke again it was full day, and a couple of sparrows were hopping round me on the turf within reach of my arm.

"I sat up in the freshness of the morning, trying to remember how I had got there, and why I had such a profound sense of desertion and despair. Then things came clear in my mind. With the plain, reasonable daylight, I could look my circumstances fairly in the face. I saw the wild folly of my frenzy overnight, and I could reason with myself.

Supón lo peor", dije. Supongamos que la máquina se pierde por completo, tal vez se destruye. Me incumbe tener calma y paciencia, aprender el camino de la gente, hacerme una idea clara del método de mi pérdida, y de los medios para conseguir materiales y herramientas; de modo que al final, tal vez, pueda fabricar otra'. Ésa sería mi única esperanza, una pobre esperanza, tal vez, pero mejor que la desesperación.

Y, al fin y al cabo, era un mundo hermoso y curioso.

"Pero probablemente sólo se habían llevado la máquina. Aun así, debía tener calma y paciencia, encontrar su escondite y recuperarla por la fuerza o con astucia. Y así me puse en pie y miré a mi alrededor, preguntándome dónde podría bañarme. Me sentía cansado, rígido y sucio por el viaje. La frescura de la mañana me hizo desear una frescura igual.

Había agotado mi emoción. En efecto, mientras me ocupaba de mis asuntos, me sorprendí de mi intensa excitación de la noche a la mañana. Examiné cuidadosamente el terreno alrededor del pequeño césped. Perdí algún tiempo en preguntas inútiles, transmitidas, lo mejor que pude, a las personitas que pasaban por allí.

Todas no comprendían mis gestos; algunas se quedaban simplemente pasmadas, otras pensaban que era una broma y se reían de mí. Me costó lo indecible apartar las manos de sus bonitas caras risueñas. Era un impulso estúpido, pero el demonio engendrado por el miedo y la ira ciega estaba mal refrenado y seguía ansioso por aprovecharse de mi perplejidad.

'Suppose the worst?' I said. 'Suppose the machine altogether lost—perhaps destroyed? It behoves me to be calm and patient, to learn the way of the people, to get a clear idea of the method of my loss, and the means of getting materials and tools; so that in the end, perhaps, I may make another.' That would be my only hope, a poor hope, perhaps, but better than despair.

And, after all, it was a beautiful and curious world.

"But probably the machine had only been taken away. Still, I must be calm and patient, find its hiding-place, and recover it by force or cunning. And with that I scrambled to my feet and looked about me, wondering where I could bathe. I felt weary, stiff, and travel-soiled. The freshness of the morning made me desire an equal freshness.

I had exhausted my emotion. Indeed, as I went about my business, I found myself wondering at my intense excitement overnight. I made a careful examination of the ground about the little lawn. I wasted some time in futile questionings, conveyed, as well as I was able, to such of the little people as came by.

They all failed to understand my gestures; some were simply stolid, some thought it was a jest and laughed at me. I had the hardest task in the world to keep my hands off their pretty laughing faces. It was a foolish impulse, but the devil begotten of fear and blind anger was ill curbed and still eager to take advantage of my perplexity.

El césped me aconsejó mejor. Encontré un surco rasgado en ella, más o menos a medio camino entre el pedestal de la esfinge y las marcas de mis pies donde, al llegar, había forcejeado con la máquina volcada. Había otros signos de remoción, con huellas extrañas y estrechas como las que podría imaginarme hechas por un perezoso.

Esto dirigió mi atención hacia el pedestal. Era, como creo haber dicho, de bronce. No era un simple bloque, sino que estaba muy decorado con profundos paneles enmarcados a ambos lados. Fui a golpearlos. El pedestal estaba hueco. Examinando los paneles con cuidado, los encontré discontinuos con los marcos.

No había tiradores ni cerraduras, pero posiblemente los paneles, si eran puertas, como yo suponía, se abrían desde dentro. Una cosa estaba bastante clara para mi mente. No me costó un gran esfuerzo mental deducir que mi Máquina del Tiempo estaba dentro de aquel pedestal. Pero cómo había llegado hasta allí era otro problema.

"Vi las cabezas de dos personas vestidas de naranja que venían hacia mí a través de los arbustos y bajo unos manzanos cubiertos de flores. Me volví sonriente hacia ellos y les hice señas para que vinieran. Vinieron, y entonces, señalando el pedestal de bronce, intenté insinuar mi deseo de abrirlo. Pero a mi primer gesto en este sentido se comportaron de forma muy extraña.

The turf gave better counsel. I found a groove ripped in it, about midway between the pedestal of the sphinx and the marks of my feet where, on arrival, I had struggled with the overturned machine. There were other signs of removal about, with queer narrow footprints like those I could imagine made by a sloth.

This directed my closer attention to the pedestal. It was, as I think I have said, of bronze. It was not a mere block, but highly decorated with deep framed panels on either side. I went and rapped at these. The pedestal was hollow. Examining the panels with care I found them discontinuous with the frames.

There were no handles or keyholes, but possibly the panels, if they were doors, as I supposed, opened from within. One thing was clear enough to my mind. It took no very great mental effort to infer that my Time Machine was inside that pedestal. But how it got there was a different problem.

"I saw the heads of two orange-clad people coming through the bushes and under some blossom-covered apple-trees towards me. I turned smiling to them, and beckoned them to me. They came, and then, pointing to the bronze pedestal, I tried to intimate my wish to open it. But at my first gesture towards this they behaved very oddly.

No sé cómo transmitirte su expresión. Supón que hicieras un gesto groseramente impropio a una mujer de mente delicada: así es como se quedaría. Se marcharon como si hubieran recibido el último insulto posible. A continuación probé con un hombrecillo de aspecto dulce vestido de blanco, y obtuve exactamente el mismo resultado.

De algún modo, sus modales me hicieron sentir vergüenza de mí misma. Pero, como sabes, yo quería la Máquina del Tiempo, y lo intenté una vez más. Cuando se marchó, al igual que los demás, mi temperamento se apoderó de mí. En tres zancadas fui tras él, le cogí por la parte suelta de la túnica alrededor del cuello y empecé a arrastrarle hacia la esfinge.

Entonces vi el horror y la repugnancia de su rostro y, de repente, le solté.

"Pero aún no me habían vencido. Golpeé con el puño los paneles de bronce. Me pareció oír que algo se agitaba en el interior -para ser explícito, me pareció oír un sonido parecido a una risita-, pero debí de equivocarme. Entonces cogí un gran guijarro del río, y me acerqué y martilleé hasta que aplasté un rollo en las decoraciones, y el verdín se desprendió en copos pulverulentos.

Las delicadas personitas debieron de oírme martillear en ráfagas a una milla de distancia a ambos lados, pero no ocurrió nada. Vi una multitud de ellos en las laderas, mirándome furtivamente. Por fin, acalorado y cansado, me senté a observar el lugar. Pero estaba demasiado inquieto para vigilar mucho tiempo; soy demasiado occidental para una larga vigilia.

I don't know how to convey their expression to you. Suppose you were to use a grossly improper gesture to a delicate-minded woman—it is how she would look. They went off as if they had received the last possible insult. I tried a sweet-looking little chap in white next, with exactly the same result.

Somehow, his manner made me feel ashamed of myself. But, as you know, I wanted the Time Machine, and I tried him once more. As he turned off, like the others, my temper got the better of me. In three strides I was after him, had him by the loose part of his robe round the neck, and began dragging him towards the sphinx.

Then I saw the horror and repugnance of his face, and all of a sudden I let him go.

"But I was not beaten yet. I banged with my fist at the bronze panels. I thought I heard something stir inside—to be explicit, I thought I heard a sound like a chuckle—but I must have been mistaken. Then I got a big pebble from the river, and came and hammered till I had flattened a coil in the decorations, and the verdigris came off in powdery flakes.

The delicate little people must have heard me hammering in gusty outbreaks a mile away on either hand, but nothing came of it. I saw a crowd of them upon the slopes, looking furtively at me. At last, hot and tired, I sat down to watch the place. But I was too restless to watch long; I am too Occidental for a long vigil.

Podría trabajar en un problema durante años, pero esperar inactivo durante veinticuatro horas... eso es otra cosa.

"Me levanté al cabo de un rato y empecé a caminar sin rumbo entre los arbustos hacia la colina de nuevo. Paciencia", me dije. Si quieres recuperar tu máquina, debes dejar en paz a esa esfinge. Si pretenden llevarse tu máquina, de poco te servirá que destroces sus paneles de bronce, y si no lo hacen, la recuperarás en cuanto puedas pedirla.

Sentarse entre todas esas cosas desconocidas ante un rompecabezas como ése es desesperante. Por ahí va la monomanía. Enfréntate a este mundo. Aprende sus caminos, obsérvalo, ten cuidado con las conjeturas demasiado precipitadas sobre su significado. Al final encontrarás pistas sobre todo ello". Entonces, de repente, me vino a la mente el humor de la situación: el pensamiento de los años que había pasado estudiando y esforzándome para entrar en la edad futura, y ahora mi pasión de ansiedad por salir de ella.

Me había fabricado la trampa más complicada y más desesperada que jamás haya ideado un hombre. Aunque fue a mi costa, no pude evitarlo. Me reí en voz alta.

"Al atravesar el gran palacio, me pareció que la gente pequeña me evitaba. Puede que fuera mi capricho, o puede que tuviera algo que ver con mi martilleo en las puertas de bronce. Sin embargo, estaba bastante seguro de que me evitaban. Tuve cuidado, sin embargo, de no mostrar preocupación y de abstenerme de perseguirlos, y en el transcurso de uno o dos días las cosas volvieron a su cauce.

I could work at a problem for years, but to wait inactive for twenty-four hours—that is another matter.

"I got up after a time, and began walking aimlessly through the bushes towards the hill again. 'Patience,' said I to myself. 'If you want your machine again you must leave that sphinx alone. If they mean to take your machine away, it's little good your wrecking their bronze panels, and if they don't, you will get it back as soon as you can ask for it.

To sit among all those unknown things before a puzzle like that is hopeless. That way lies monomania. Face this world. Learn its ways, watch it, be careful of too hasty guesses at its meaning. In the end you will find clues to it all.' Then suddenly the humour of the situation came into my mind: the thought of the years I had spent in study and toil to get into the future age, and now my passion of anxiety to get out of it.

I had made myself the most complicated and the most hopeless trap that ever a man devised. Although it was at my own expense, I could not help myself. I laughed aloud.

"Going through the big palace, it seemed to me that the little people avoided me. It may have been my fancy, or it may have had something to do with my hammering at the gates of bronze. Yet I felt tolerably sure of the avoidance. I was careful, however, to show no concern and to abstain from any pursuit of them, and in the course of a day or two things got back to the old footing.

Hice los progresos que pude en el idioma y, además, impulsé mis exploraciones aquí y allá. O me perdí algún punto sutil o su lenguaje era excesivamente sencillo, compuesto casi exclusivamente de sustantivos y verbos concretos. Parecía haber pocos términos abstractos, por no decir ninguno, o poco uso del lenguaje figurado.

Sus frases solían ser sencillas y de dos palabras, y yo no lograba transmitir ni comprender más que las proposiciones más simples. Decidí poner el pensamiento de mi Máquina del Tiempo y el misterio de las puertas de bronce bajo la esfinge, en la medida de lo posible en un rincón de la memoria, hasta que mis crecientes conocimientos me condujeran de nuevo a ellos de un modo natural.

Sin embargo, un cierto sentimiento, como comprenderás, me ató a un círculo de unas pocas millas alrededor del punto de mi llegada.

I made what progress I could in the language, and in addition I pushed my explorations here and there. Either I missed some subtle point or their language was excessively simple—almost exclusively composed of concrete substantives and verbs. There seemed to be few, if any, abstract terms, or little use of figurative language.

Their sentences were usually simple and of two words, and I failed to convey or understand any but the simplest propositions. I determined to put the thought of my Time Machine and the mystery of the bronze doors under the sphinx, as much as possible in a corner of memory, until my growing knowledge would lead me back to them in a natural way.

Yet a certain feeling, you may understand, tethered me in a circle of a few miles round the point of my arrival.

Explanation

Explicación

"Hasta donde podía ver, todo el mundo mostraba la misma exuberante riqueza que el valle del Támesis. Desde cada colina que subía veía la misma abundancia de espléndidos edificios, infinitamente variados en material y estilo, los mismos matorrales de hojas perennes, los mismos árboles cargados de flores y helechos arborescentes.

Aquí y allá el agua brillaba como la plata, y más allá, la tierra se elevaba en ondulantes colinas azules, y así se desvanecía en la serenidad del cielo. Un rasgo peculiar, que atrajo mi atención en seguida, fue la presencia de ciertos pozos circulares, varios, según me pareció, de gran profundidad. Uno de ellos estaba junto al camino que había seguido durante mi primer paseo.

"So far as I could see, all the world displayed the same exuberant richness as the Thames valley. From every hill I climbed I saw the same abundance of splendid buildings, endlessly varied in material and style, the same clustering thickets of evergreens, the same blossom-laden trees and tree ferns.

Here and there water shone like silver, and beyond, the land rose into blue undulating hills, and so faded into the serenity of the sky. A peculiar feature, which presently attracted my attention, was the presence of certain circular wells, several, as it seemed to me, of a very great depth. One lay by the path up the hill which I had followed during my first walk.

Como los demás, estaba bordeado de bronce, curiosamente labrado, y protegido de la lluvia por una pequeña cúpula. Sentado junto a estos pozos, y mirando hacia abajo en la oscuridad de los pozos, no pude ver ningún resplandor de agua, ni pude encender ningún reflejo con una cerilla encendida. Pero en todos ellos oí un cierto sonido: un ruido sordo, como el golpeteo de un gran motor; y descubrí, por el chisporroteo de mis cerillas, que una corriente constante de aire descendía por los pozos.

Además, arrojé un trozo de papel a la garganta de uno de ellos y, en lugar de caer lentamente, fue succionado al instante hasta perderse de vista.

"Al cabo de un tiempo, también, llegué a relacionar estos pozos con altas torres que se alzaban aquí y allá sobre las laderas; porque por encima de ellas había a menudo un parpadeo en el aire como el que se ve en un día caluroso sobre una playa abrasada por el sol. Juntando las cosas, llegué a la fuerte sugerencia de un extenso sistema de ventilación subterránea, cuyo verdadero significado era difícil de imaginar. Al principio me incliné a asociarlo con el aparato sanitario de aquellas gentes. Era una conclusión obvia, pero absolutamente errónea.

"Y aquí debo admitir que aprendí muy poco sobre desagües y campanas y modos de transporte, y comodidades similares, durante mi estancia en este futuro real. En algunas de esas visiones de las utopías y de los tiempos venideros que he leído, hay una gran cantidad de detalles sobre la construcción, las disposiciones sociales y demás.

Like the others, it was rimmed with bronze, curiously wrought, and protected by a little cupola from the rain. Sitting by the side of these wells, and peering down into the shafted darkness, I could see no gleam of water, nor could I start any reflection with a lighted match. But in all of them I heard a certain sound: a thud—thud—thud, like the beating of some big engine; and I discovered, from the flaring of my matches, that a steady current of air set down the shafts.

Further, I threw a scrap of paper into the throat of one, and, instead of fluttering slowly down, it was at once sucked swiftly out of sight.

"After a time, too, I came to connect these wells with tall towers standing here and there upon the slopes; for above them there was often just such a flicker in the air as one sees on a hot day above a sun-scorched beach. Putting things together, I reached a strong suggestion of an extensive system of subterranean ventilation, whose true import it was difficult to imagine. I was at first inclined to associate it with the sanitary apparatus of these people. It was an obvious conclusion, but it was absolutely wrong.

"And here I must admit that I learnt very little of drains and bells and modes of conveyance, and the like conveniences, during my time in this real future. In some of these visions of Utopias and coming times which I have read, there is a vast amount of detail about building, and social arrangements, and so forth.

Pero mientras que tales detalles son bastante fáciles de obtener cuando el mundo entero está contenido en la imaginación de uno, son totalmente inaccesibles para un verdadero viajero en medio de realidades como las que encontré aquí. Imagínate la historia de Londres que un negro recién llegado de África Central llevaría a su tribu. ¿Qué sabría de las compañías ferroviarias, de los movimientos sociales, de los hilos telefónicos y telegráficos, de la Parcels Delivery Company, de los giros postales y similares?

Pero nosotros, al menos, deberíamos estar dispuestos a explicárselo. E incluso de lo que él sabía, ¿cuánto podía hacer comprender o creer a su inexperto amigo? Entonces, ¡piensa en lo estrecha que es la distancia entre un negro y un blanco de nuestra época, y en lo amplio que es el intervalo que me separa de los de la Edad de Oro!

Me di cuenta de muchas cosas que no se veían y que contribuyeron a mi bienestar; pero salvo una impresión general de organización automática, me temo que puedo transmitir muy poco de la diferencia a tu mente.

"En materia de sepultura, por ejemplo, no pude ver señales de crematorios ni nada que sugiriera la existencia de tumbas. Pero se me ocurrió que, posiblemente, podría haber cementerios (o crematorios) en algún lugar más allá del alcance de mis exploraciones. También ésta fue una cuestión que me planteé deliberadamente, y mi curiosidad se vio al principio totalmente derrotada al respecto. La cosa me desconcertó, y me llevó a hacer otra observación, que me desconcertó aún más: que entre este pueblo no había ancianos ni enfermos.

But while such details are easy enough to obtain when the whole world is contained in one's imagination, they are altogether inaccessible to a real traveller amid such realities as I found here. Conceive the tale of London which a negro, fresh from Central Africa, would take back to his tribe! What would he know of railway companies, of social movements, of telephone and telegraph wires, of the Parcels Delivery Company, and postal orders and the like?

Yet we, at least, should be willing enough to explain these things to him! And even of what he knew, how much could he make his untravelled friend either apprehend or believe? Then, think how narrow the gap between a negro and a white man of our own times, and how wide the interval between myself and these of the Golden Age!

I was sensible of much which was unseen, and which contributed to my comfort; but save for a general impression of automatic organisation, I fear I can convey very little of the difference to your mind.

"In the matter of sepulture, for instance, I could see no signs of crematoria nor anything suggestive of tombs. But it occurred to me that, possibly, there might be cemeteries (or crematoria) somewhere beyond the range of my explorings. This, again, was a question I deliberately put to myself, and my curiosity was at first entirely defeated upon the point. The thing puzzled me, and I was led to make a further remark, which puzzled me still more: that aged and infirm among this people there were none.

"Debo confesar que mi satisfacción con mis primeras teorías sobre una civilización automática y una humanidad decadente no duró mucho. Sin embargo, no podía pensar en otra cosa. Permíteme exponer mis dificultades. Los varios grandes palacios que había explorado eran meros lugares de habitación, grandes comedores y apartamentos para dormir.

No pude encontrar maquinaria ni aparatos de ningún tipo. Sin embargo, aquella gente iba vestida con agradables telas que a veces debían necesitar renovarse, y sus sandalias, aunque sin adornos, eran especímenes bastante complejos de metalistería. De algún modo, estas cosas debían de estar hechas. Y la gente pequeña no mostraba ningún vestigio de tendencia creativa.

No había tiendas, ni talleres, ni rastro de importaciones entre ellos. Dedicaban todo su tiempo a jugar suavemente, a bañarse en el río, a hacer el amor a medias, a comer fruta y a dormir. No podía ver cómo se mantenían las cosas.

"Luego, de nuevo, sobre la Máquina del Tiempo: algo, no sabía qué, la había llevado al pedestal hueco de la Esfinge Blanca. ¿*Por qué*? Por mi vida que no podía imaginarlo. También aquellos pozos sin agua, aquellos pilares titilantes. Sentía que me faltaba una pista. Sentí... ¿cómo decirlo? Supón que encontraras una inscripción, con frases aquí y allá en excelente inglés llano, e interpoladas con ellas, otras compuestas de palabras, de letras incluso, absolutamente desconocidas para ti. Pues bien, al tercer día de mi visita, ¡así fue como se me presentó el mundo de Ochocientos Dos Mil Setecientos Uno!

"I must confess that my satisfaction with my first theories of an automatic civilisation and a decadent humanity did not long endure. Yet I could think of no other. Let me put my difficulties. The several big palaces I had explored were mere living places, great dining-halls and sleeping apartments.

I could find no machinery, no appliances of any kind. Yet these people were clothed in pleasant fabrics that must at times need renewal, and their sandals, though undecorated, were fairly complex specimens of metalwork. Somehow such things must be made. And the little people displayed no vestige of a creative tendency.

There were no shops, no workshops, no sign of importations among them. They spent all their time in playing gently, in bathing in the river, in making love in a half-playful fashion, in eating fruit and sleeping. I could not see how things were kept going.

"Then, again, about the Time Machine: something, I knew not what, had taken it into the hollow pedestal of the White Sphinx. *Why?* For the life of me I could not imagine. Those waterless wells, too, those flickering pillars. I felt I lacked a clue. I felt—how shall I put it? Suppose you found an inscription, with sentences here and there in excellent plain English, and interpolated therewith, others made up of words, of letters even, absolutely unknown to you? Well, on the third day of my visit, that was how the world of Eight Hundred and Two Thousand Seven Hundred and One presented itself to me!

"También aquel día hice una especie de amigo. Sucedió que, mientras observaba a algunos de los pequeños bañándose en un lugar poco profundo, uno de ellos sufrió un calambre y empezó a ir a la deriva río abajo. La corriente principal era bastante rápida, pero no demasiado para un nadador moderado. Os daréis una idea, por tanto, de la extraña deficiencia de estas criaturas, cuando os diga que ninguna hizo el menor intento de rescatar a la cosita que lloraba débilmente y se ahogaba ante sus ojos.

Cuando me di cuenta, me quité rápidamente la ropa y, vadeando por un punto más abajo, cogí al pobre ácaro y lo llevé sano y salvo a tierra. Un pequeño masaje en las extremidades la hizo volver en sí y tuve la satisfacción de comprobar que estaba bien antes de dejarla. Había llegado a estimar tan poco su especie que no esperaba ninguna gratitud por su parte.

En eso, sin embargo, me equivoqué.

"Esto sucedió por la mañana. Por la tarde me encontré con mi mujercita, como creo que era, cuando volvía hacia mi centro de una exploración, y ella me recibió con gritos de alegría y me regaló una gran guirnalda de flores, evidentemente hecha para mí y sólo para mí. La cosa cautivó mi imaginación.

Muy posiblemente me había sentido desolada. En cualquier caso, hice todo lo que pude para mostrar mi agradecimiento por el regalo. Pronto estuvimos sentados juntos en un pequeño cenador de piedra, enfrascados en una conversación, principalmente de sonrisas. La simpatía de la criatura me afectó exactamente como lo habría hecho la de un niño. Nos pasamos flores y ella me besó las manos.

"That day, too, I made a friend—of a sort. It happened that, as I was watching some of the little people bathing in a shallow, one of them was seized with cramp and began drifting downstream. The main current ran rather swiftly, but not too strongly for even a moderate swimmer. It will give you an idea, therefore, of the strange deficiency in these creatures, when I tell you that none made the slightest attempt to rescue the weakly crying little thing which was drowning before their eyes.

When I realised this, I hurriedly slipped off my clothes, and, wading in at a point lower down, I caught the poor mite and drew her safe to land. A little rubbing of the limbs soon brought her round, and I had the satisfaction of seeing she was all right before I left her. I had got to such a low estimate of her kind that I did not expect any gratitude from her.

In that, however, I was wrong.

"This happened in the morning. In the afternoon I met my little woman, as I believe it was, as I was returning towards my centre from an exploration, and she received me with cries of delight and presented me with a big garland of flowers—evidently made for me and me alone. The thing took my imagination.

Very possibly I had been feeling desolate. At any rate I did my best to display my appreciation of the gift. We were soon seated together in a little stone arbour, engaged in conversation, chiefly of smiles. The creature's friendliness affected me exactly as a child's might have done. We passed each other flowers, and she kissed my hands.

Yo hice lo mismo con la suya. Luego intenté hablar y descubrí que se llamaba Weena, lo cual, aunque no sé lo que significaba, me pareció bastante apropiado. Ése fue el comienzo de una extraña amistad que duró una semana y terminó -¡como te contaré!

"Era exactamente como una niña. Quería estar siempre conmigo. Intentaba seguirme a todas partes y, en mi siguiente viaje, se me encogió el corazón de cansarla y dejarla al fin, exhausta y llamándome lastimeramente. Pero había que dominar los problemas del mundo.

No había venido al futuro, me dije, para llevar a cabo un flirteo en miniatura. Sin embargo, su angustia cuando la dejé fue muy grande, sus protestas en la despedida fueron a veces frenéticas y creo que, en conjunto, su devoción me causó tantos problemas como consuelo. Sin embargo, ella era, en cierto modo, un gran consuelo.

Pensé que era mero afecto infantil lo que la hacía aferrarse a mí. Hasta que fue demasiado tarde, no supe claramente lo que le había infligido cuando la abandoné. Tampoco comprendí claramente lo que ella era para mí hasta que fue demasiado tarde. En efecto, por el mero hecho de parecer que me quería y de demostrar, a su débil y fútil manera, que se preocupaba por mí, la pequeña muñeca de criatura daba a mi regreso a la vecindad de la Esfinge Blanca casi la sensación de volver a casa, y yo buscaba su diminuta figura blanca y dorada tan pronto como cruzaba la colina.

I did the same to hers. Then I tried talk, and found that her name was Weena, which, though I don't know what it meant, somehow seemed appropriate enough. That was the beginning of a queer friendship which lasted a week, and ended—as I will tell you!

"She was exactly like a child. She wanted to be with me always. She tried to follow me everywhere, and on my next journey out and about it went to my heart to tire her down, and leave her at last, exhausted and calling after me rather plaintively. But the problems of the world had to be mastered.

I had not, I said to myself, come into the future to carry on a miniature flirtation. Yet her distress when I left her was very great, her expostulations at the parting were sometimes frantic, and I think, altogether, I had as much trouble as comfort from her devotion. Nevertheless she was, somehow, a very great comfort.

I thought it was mere childish affection that made her cling to me. Until it was too late, I did not clearly know what I had inflicted upon her when I left her. Nor until it was too late did I clearly understand what she was to me. For, by merely seeming fond of me, and showing in her weak, futile way that she cared for me, the little doll of a creature presently gave my return to the neighbourhood of the White Sphinx almost the feeling of coming home; and I would watch for her tiny figure of white and gold so soon as I came over the hill.

"También de ella aprendí que el miedo aún no había abandonado el mundo. Era bastante intrépida a la luz del día y tenía una extraña confianza en mí; una vez, en un momento de insensatez, le hice muecas amenazadoras y ella se limitó a reírse de ellas. Pero temía la oscuridad, temía las sombras, temía las cosas negras.

La oscuridad para ella era lo único espantoso. Era una emoción singularmente apasionada, y me hizo pensar y observar. Descubrí entonces, entre otras cosas, que aquella gentecilla se reunía en las grandes casas al anochecer y dormía en tropel. Entrar en ellas sin luz era sumirlas en un tumulto de aprensión.

Nunca encontré a nadie fuera de casa, ni a nadie durmiendo solo dentro, después del anochecer. Sin embargo, seguía siendo tan imbécil que me perdí la lección de aquel miedo y, a pesar de la angustia de Weena, insistí en dormir lejos de aquellas multitudes adormiladas.

"Le preocupaba mucho, pero al final triunfó su extraño afecto por mí, y durante cinco de las noches de nuestra relación, incluida la última de todas, durmió con la cabeza apoyada en mi brazo. Pero mi historia se me escapa mientras hablo de ella. Debió de ser la noche anterior a su rescate cuando me despertaron al amanecer.

Había estado inquieto, soñando muy desagradablemente que me ahogaba y que las anémonas marinas me palpaban la cara con sus suaves palpos. Me desperté sobresaltada y con la extraña sensación de que algún animal grisáceo acababa de salir corriendo de la habitación. Intenté dormirme de nuevo, pero me sentía inquieta e incómoda.

"It was from her, too, that I learnt that fear had not yet left the world. She was fearless enough in the daylight, and she had the oddest confidence in me; for once, in a foolish moment, I made threatening grimaces at her, and she simply laughed at them. But she dreaded the dark, dreaded shadows, dreaded black things.

Darkness to her was the one thing dreadful. It was a singularly passionate emotion, and it set me thinking and observing. I discovered then, among other things, that these little people gathered into the great houses after dark, and slept in droves. To enter upon them without a light was to put them into a tumult of apprehension.

I never found one out of doors, or one sleeping alone within doors, after dark. Yet I was still such a blockhead that I missed the lesson of that fear, and in spite of Weena's distress, I insisted upon sleeping away from these slumbering multitudes.

"It troubled her greatly, but in the end her odd affection for me triumphed, and for five of the nights of our acquaintance, including the last night of all, she slept with her head pillowed on my arm. But my story slips away from me as I speak of her. It must have been the night before her rescue that I was awakened about dawn.

I had been restless, dreaming most disagreeably that I was drowned, and that sea anemones were feeling over my face with their soft palps. I woke with a start, and with an odd fancy that some greyish animal had just rushed out of the chamber. I tried to get to sleep again, but I felt restless and uncomfortable.

Era esa hora gris y tenue en que las cosas acaban de salir de la oscuridad, cuando todo es incoloro y claro, y sin embargo irreal. Me levanté, bajé al gran vestíbulo y salí a las losas que había delante del palacio. Pensé en hacer de la necesidad virtud y ver el amanecer.

"La luna se estaba poniendo, y la moribunda luz de la luna y la primera palidez del amanecer se mezclaban en una espantosa penumbra. Los arbustos eran negros como la tinta, el suelo gris sombrío, el cielo incoloro y sin alegría. Y en lo alto de la colina me pareció ver fantasmas. Varias veces, mientras escudriñaba la ladera, vi figuras blancas.

Dos veces me pareció ver a una criatura blanca y solitaria, parecida a un simio, que corría rápidamente colina arriba, y una vez, cerca de las ruinas, vi a un grupo de ellos cargando algún cuerpo oscuro. Se movían apresuradamente. No vi qué fue de ellos. Parecía que se habían desvanecido entre los arbustos. El amanecer era aún indistinto, debes comprenderlo.

Sentía ese escalofrío, esa incertidumbre de primera hora de la mañana que quizá conozcas. Dudaba de mis ojos.

"A medida que el cielo oriental se hacía más brillante, y la luz del día se encendía y su vivo colorido volvía una vez más sobre el mundo, escudriñé la vista con agudeza. Pero no vi ningún vestigio de mis figuras blancas. Eran meras criaturas de la penumbra. Debían de ser fantasmas -dije-; me pregunto de dónde habrán salido". Una extraña idea de Grant Allen me vino a la cabeza y me divirtió.

It was that dim grey hour when things are just creeping out of darkness, when everything is colourless and clear cut, and yet unreal. I got up, and went down into the great hall, and so out upon the flagstones in front of the palace. I thought I would make a virtue of necessity, and see the sunrise.

"The moon was setting, and the dying moonlight and the first pallor of dawn were mingled in a ghastly half-light. The bushes were inky black, the ground a sombre grey, the sky colourless and cheerless. And up the hill I thought I could see ghosts. Three several times, as I scanned the slope, I saw white figures.

Twice I fancied I saw a solitary white, ape-like creature running rather quickly up the hill, and once near the ruins I saw a leash of them carrying some dark body. They moved hastily. I did not see what became of them. It seemed that they vanished among the bushes. The dawn was still indistinct, you must understand.

I was feeling that chill, uncertain, early-morning feeling you may have known. I doubted my eyes.

"As the eastern sky grew brighter, and the light of the day came on and its vivid colouring returned upon the world once more, I scanned the view keenly. But I saw no vestige of my white figures. They were mere creatures of the half-light. 'They must have been ghosts,' I said; 'I wonder whence they dated.' For a queer notion of Grant Allen's came into my head, and amused me.

Si cada generación muere y deja fantasmas, argumentó, al final el mundo se llenará de ellos. Según esa teoría, habrían llegado a ser innumerables dentro de unos Ochocientos Mil Años, y no era de extrañar ver cuatro a la vez. Pero la broma no me satisfizo, y estuve pensando en aquellas figuras toda la mañana, hasta que el rescate de Weena me las sacó de la cabeza.

Los asociaba de algún modo indefinido con el animal blanco que había asustado en mi primera búsqueda apasionada de la Máquina del Tiempo. Pero Weena era una agradable sustituta. Sin embargo, pronto estaban destinados a apoderarse de mi mente de un modo mucho más mortífero.

"Creo haber dicho cuánto más caluroso que el nuestro era el clima de esta Edad de Oro. No puedo explicarlo. Puede ser que el sol estuviera más caliente o que la Tierra estuviera más cerca del sol. Es habitual suponer que el sol seguirá enfriándose constantemente en el futuro. Pero la gente, que no está familiarizada con especulaciones como las del joven Darwin, olvida que los planetas deben finalmente retroceder uno a uno hacia el cuerpo madre. Cuando se produzcan estas catástrofes, el sol resplandecerá con energía renovada; y puede que algún planeta interior hubiera sufrido este destino. Sea cual sea la razón, el hecho es que el sol era mucho más caliente de lo que conocemos.

If each generation die and leave ghosts, he argued, the world at last will get overcrowded with them. On that theory they would have grown innumerable some Eight Hundred Thousand Years hence, and it was no great wonder to see four at once. But the jest was unsatisfying, and I was thinking of these figures all the morning, until Weena's rescue drove them out of my head.

I associated them in some indefinite way with the white animal I had startled in my first passionate search for the Time Machine. But Weena was a pleasant substitute. Yet all the same, they were soon destined to take far deadlier possession of my mind.

"I think I have said how much hotter than our own was the weather of this Golden Age. I cannot account for it. It may be that the sun was hotter, or the earth nearer the sun. It is usual to assume that the sun will go on cooling steadily in the future. But people, unfamiliar with such speculations as those of the younger Darwin, forget that the planets must ultimately fall back one by one into the parent body. As these catastrophes occur, the sun will blaze with renewed energy; and it may be that some inner planet had suffered this fate. Whatever the reason, the fact remains that the sun was very much hotter than we know it.

"Pues bien, una mañana muy calurosa -la cuarta, creo-, mientras buscaba refugio del calor y del resplandor en unas ruinas colosales cercanas a la gran casa donde dormía y me alimentaba, ocurrió esta cosa extraña. Trepando entre aquellos montones de mampostería, encontré una estrecha galería, cuyas ventanas extremas y laterales estaban bloqueadas por masas de piedra caídas. En contraste con la brillantez del exterior, al principio me pareció impenetrablemente oscura. Entré en ella a tientas, pues el cambio de la luz a la negrura hizo que manchas de color nadaran ante mí. De repente me detuve hechizado. Un par de ojos, luminosos por reflejo contra la luz del día exterior, me observaban desde la oscuridad.

"Me invadió el viejo temor instintivo a las bestias salvajes. Apreté las manos y miré fijamente a los fulgurantes ojos. Tenía miedo de volverme. Entonces me vino a la mente el pensamiento de la absoluta seguridad en la que parecía vivir la humanidad. Y entonces recordé aquel extraño terror a la oscuridad.

Superando hasta cierto punto mi miedo, avancé un paso y hablé. Reconozco que mi voz era áspera y mal controlada. Alargué la mano y toqué algo blando. Al instante los ojos se desviaron y algo blanco pasó corriendo a mi lado. Me volví con el corazón en la boca y vi una extraña figura simiesca, con la cabeza agachada de un modo peculiar, corriendo por el espacio iluminado por el sol que había detrás de mí.

Chocó contra un bloque de granito, se tambaleó a un lado y en un instante se ocultó en una sombra negra bajo otro montón de mampostería en ruinas.

"Well, one very hot morning—my fourth, I think—as I was seeking shelter from the heat and glare in a colossal ruin near the great house where I slept and fed, there happened this strange thing. Clambering among these heaps of masonry, I found a narrow gallery, whose end and side windows were blocked by fallen masses of stone. By contrast with the brilliancy outside, it seemed at first impenetrably dark to me. I entered it groping, for the change from light to blackness made spots of colour swim before me. Suddenly I halted spellbound. A pair of eyes, luminous by reflection against the daylight without, was watching me out of the darkness.

"The old instinctive dread of wild beasts came upon me. I clenched my hands and steadfastly looked into the glaring eyeballs. I was afraid to turn. Then the thought of the absolute security in which humanity appeared to be living came to my mind. And then I remembered that strange terror of the dark.

Overcoming my fear to some extent, I advanced a step and spoke. I will admit that my voice was harsh and ill-controlled. I put out my hand and touched something soft. At once the eyes darted sideways, and something white ran past me. I turned with my heart in my mouth, and saw a queer little ape-like figure, its head held down in a peculiar manner, running across the sunlit space behind me.

It blundered against a block of granite, staggered aside, and in a moment was hidden in a black shadow beneath another pile of ruined masonry.

"Mi impresión de él es, por supuesto, imperfecta; pero sé que era de un blanco opaco y que tenía unos extraños ojos grandes de color rojo grisáceo; también que tenía pelo de lino en la cabeza y en la espalda. Pero, como ya he dicho, iba demasiado deprisa para que pudiera verlo con claridad. Ni siquiera puedo decir si corría a cuatro patas o sólo con los antebrazos muy bajos.

Tras un instante de pausa, la seguí hasta el segundo montón de ruinas. Al principio no pude encontrarlo; pero, al cabo de un rato en la profunda oscuridad, di con una de esas aberturas redondas en forma de pozo de las que te he hablado, medio cerrada por una columna caída. Se me ocurrió una idea repentina. ¿Podría haber desaparecido por el pozo?

Encendí una cerilla y, al mirar hacia abajo, vi una criatura pequeña, blanca, que se movía, con grandes ojos brillantes que me miraban fijamente mientras se retiraba. Me hizo estremecer. ¡Era tan parecida a una araña humana! Estaba trepando por la pared, y ahora vi por primera vez una serie de apoyos metálicos para pies y manos que formaban una especie de escalera por el pozo.

Entonces la luz me quemó los dedos y se me cayó de la mano, apagándose al caer, y cuando encendí otra el monstruito había desaparecido.

"My impression of it is, of course, imperfect; but I know it was a dull white, and had strange large greyish-red eyes; also that there was flaxen hair on its head and down its back. But, as I say, it went too fast for me to see distinctly. I cannot even say whether it ran on all fours, or only with its forearms held very low.

After an instant's pause I followed it into the second heap of ruins. I could not find it at first; but, after a time in the profound obscurity, I came upon one of those round well-like openings of which I have told you, half closed by a fallen pillar. A sudden thought came to me. Could this Thing have vanished down the shaft?

I lit a match, and, looking down, I saw a small, white, moving creature, with large bright eyes which regarded me steadfastly as it retreated. It made me shudder. It was so like a human spider! It was clambering down the wall, and now I saw for the first time a number of metal foot and hand rests forming a kind of ladder down the shaft.

Then the light burned my fingers and fell out of my hand, going out as it dropped, and when I had lit another the little monster had disappeared.

"No sé cuánto tiempo permanecí sentada mirando el pozo. Durante algún tiempo no logré convencerme de que lo que había visto era humano. Pero, poco a poco, fui comprendiendo la verdad: que el Hombre no había permanecido como una sola especie, sino que se había diferenciado en dos animales distintos: que mis graciosos hijos del Mundo Superior no eran los únicos descendientes de nuestra generación, sino que aquella Cosa blanqueada, obscena y nocturna, que había aparecido ante mí, era también heredera de todas las edades.

"Pensé en los pilares parpadeantes y en mi teoría de una ventilación subterránea. Empecé a sospechar de su verdadero significado. ¿Y qué hacía, me preguntaba, este Lemur en mi esquema de una organización perfectamente equilibrada? ¿Qué relación tenía con la indolente serenidad de los bellos habitantes del Sobremundo? ¿Y qué se ocultaba allí abajo, al pie de aquel pozo?

Me senté al borde del pozo diciéndome que, en cualquier caso, no había nada que temer, y que allí debía descender para resolver mis dificultades. Y sin embargo, ¡tenía miedo de ir! Mientras vacilaba, dos de las bellas gentes del mundo superior vinieron corriendo en su amoroso deporte a través de la luz del día en la sombra.

El macho persiguió a la hembra, lanzándole flores mientras corría.

"I do not know how long I sat peering down that well. It was not for some time that I could succeed in persuading myself that the thing I had seen was human. But, gradually, the truth dawned on me: that Man had not remained one species, but had differentiated into two distinct animals: that my graceful children of the Upper World were not the sole descendants of our generation, but that this bleached, obscene, nocturnal Thing, which had flashed before me, was also heir to all the ages.

"I thought of the flickering pillars and of my theory of an underground ventilation. I began to suspect their true import. And what, I wondered, was this Lemur doing in my scheme of a perfectly balanced organisation? How was it related to the indolent serenity of the beautiful Overworlders? And what was hidden down there, at the foot of that shaft?

I sat upon the edge of the well telling myself that, at any rate, there was nothing to fear, and that there I must descend for the solution of my difficulties. And withal I was absolutely afraid to go! As I hesitated, two of the beautiful upperworld people came running in their amorous sport across the daylight in the shadow.

The male pursued the female, flinging flowers at her as he ran.

"Parecían angustiados al verme, con el brazo apoyado en la columna derribada, mirando por el pozo. Al parecer, se consideraba de mala educación hacer observaciones sobre estas aberturas, pues cuando señalé ésta e intenté formular una pregunta al respecto en su lengua, se mostraron aún más visiblemente angustiados y se dieron la vuelta.

Pero les interesaron mis cerillas y encendí algunas para entretenerlos. Volví a probarlas cerca del pozo, y de nuevo fracasé. Así que los dejé, con la intención de volver con Weena y ver qué podía sonsacarle. Pero mi mente ya estaba revolucionada; mis conjeturas e impresiones se deslizaban y resbalaban hacia un nuevo ajuste.

Ahora tenía una pista sobre la importancia de aquellos pozos, sobre las torres de ventilación, sobre el misterio de los fantasmas; ¡por no hablar de una pista sobre el significado de las puertas de bronce y el destino de la Máquina del Tiempo! Y muy vagamente llegó una sugerencia hacia la solución del problema económico que me había desconcertado.

"He aquí el nuevo punto de vista. Evidentemente, esta segunda especie de Hombre era subterránea. Había tres circunstancias en particular que me hicieron pensar que su rara aparición en la superficie era el resultado de un hábito subterráneo continuado durante mucho tiempo. En primer lugar, estaba el aspecto blanqueado común en la mayoría de los animales que viven en gran parte en la oscuridad: los peces blancos de las cuevas de Kentucky, por ejemplo.

"They seemed distressed to find me, my arm against the overturned pillar, peering down the well. Apparently it was considered bad form to remark these apertures; for when I pointed to this one, and tried to frame a question about it in their tongue, they were still more visibly distressed and turned away.

But they were interested by my matches, and I struck some to amuse them. I tried them again about the well, and again I failed. So presently I left them, meaning to go back to Weena, and see what I could get from her. But my mind was already in revolution; my guesses and impressions were slipping and sliding to a new adjustment.

I had now a clue to the import of these wells, to the ventilating towers, to the mystery of the ghosts; to say nothing of a hint at the meaning of the bronze gates and the fate of the Time Machine! And very vaguely there came a suggestion towards the solution of the economic problem that had puzzled me.

"Here was the new view. Plainly, this second species of Man was subterranean. There were three circumstances in particular which made me think that its rare emergence above ground was the outcome of a long-continued underground habit. In the first place, there was the bleached look common in most animals that live largely in the dark—the white fish of the Kentucky caves, for instance.

Además, esos ojos grandes, con esa capacidad de reflejar la luz, son características comunes de los seres nocturnos, como el búho y el gato. Y, por último, esa evidente confusión a la luz del sol, ese vuelo apresurado pero torpe y torpe hacia la sombra oscura, y ese peculiar porte de la cabeza cuando está a la luz, todo ello reforzaba la teoría de una sensibilidad extrema de la retina.

"Bajo mis pies, pues, la tierra debía de estar enormemente tunelizada, y estos tunelamientos eran el hábitat de la Nueva Raza. La presencia de pozos y pozos de ventilación a lo largo de las laderas de las colinas -en todas partes, de hecho, excepto a lo largo del valle del río- demostraba lo universales que eran sus ramificaciones. ¿Qué había de tan natural, entonces, como suponer que era en este Inframundo artificial donde se realizaban los trabajos necesarios para la comodidad de la raza diurna? La noción era tan plausible que la acepté de inmediato, y pasé a suponer el *cómo* de esta escisión de la especie humana. Me atrevo a decir que anticiparás la forma de mi teoría; aunque, por mi parte, muy pronto sentí que se quedaba muy lejos de la verdad.

"Al principio, partiendo de los problemas de nuestra propia época, me pareció claro como la luz del día que la ampliación gradual de la actual diferencia meramente temporal y social entre el Capitalista y el Trabajador era la clave de toda la posición. Sin duda te parecerá bastante grotesco -¡y salvajemente increíble!- y, sin embargo, incluso ahora existen circunstancias que apuntan en esa dirección.

Then, those large eyes, with that capacity for reflecting light, are common features of nocturnal things—witness the owl and the cat. And last of all, that evident confusion in the sunshine, that hasty yet fumbling awkward flight towards dark shadow, and that peculiar carriage of the head while in the light—all reinforced the theory of an extreme sensitiveness of the retina.

"Beneath my feet, then, the earth must be tunnelled enormously, and these tunnellings were the habitat of the New Race. The presence of ventilating shafts and wells along the hill slopes—everywhere, in fact, except along the river valley—showed how universal were its ramifications. What so natural, then, as to assume that it was in this artificial Underworld that such work as was necessary to the comfort of the daylight race was done? The notion was so plausible that I at once accepted it, and went on to assume the *how* of this splitting of the human species. I dare say you will anticipate the shape of my theory; though, for myself, I very soon felt that it fell far short of the truth.

"At first, proceeding from the problems of our own age, it seemed clear as daylight to me that the gradual widening of the present merely temporary and social difference between the Capitalist and the Labourer was the key to the whole position. No doubt it will seem grotesque enough to you—and wildly incredible!—and yet even now there are existing circumstances to point that way.

Hay una tendencia a utilizar el espacio subterráneo para los fines menos ornamentales de la civilización; está el Ferrocarril Metropolitano de Londres, por ejemplo, hay nuevos ferrocarriles eléctricos, hay metros, hay salas de trabajo y restaurantes subterráneos, y aumentan y se multiplican. Evidentemente, pensé, esta tendencia había aumentado hasta que la Industria había perdido gradualmente su derecho de nacimiento en el cielo.

Quiero decir que se había adentrado cada vez más en fábricas subterráneas cada vez más grandes, pasando en ellas una parte cada vez mayor de su tiempo, hasta que, ¡al final! Incluso ahora, ¿no vive un trabajador del East-end en condiciones tan artificiales que prácticamente está aislado de la superficie natural de la tierra?

"Por otra parte, la tendencia excluyente de los más ricos -debida, sin duda, al creciente refinamiento de su educación y al abismo cada vez mayor que los separa de la ruda violencia de los pobres- ya está provocando el cierre, en su interés, de considerables porciones de la superficie de la tierra. Alrededor de Londres, por ejemplo, tal vez la mitad del país más bonito está cerrado contra la intrusión.

Y este mismo abismo cada vez mayor -que se debe a la duración y los gastos del proceso educativo superior y a las mayores facilidades y tentaciones hacia los hábitos refinados por parte de los ricos- hará cada vez menos frecuente ese intercambio entre clases, esa promoción por matrimonios mixtos que actualmente retrasa la división de nuestra especie en líneas de estratificación social.

There is a tendency to utilise underground space for the less ornamental purposes of civilisation; there is the Metropolitan Railway in London, for instance, there are new electric railways, there are subways, there are underground workrooms and restaurants, and they increase and multiply. Evidently, I thought, this tendency had increased till Industry had gradually lost its birthright in the sky.

I mean that it had gone deeper and deeper into larger and ever larger underground factories, spending a still-increasing amount of its time therein, till, in the end—! Even now, does not an East-end worker live in such artificial conditions as practically to be cut off from the natural surface of the earth?

"Again, the exclusive tendency of richer people—due, no doubt, to the increasing refinement of their education, and the widening gulf between them and the rude violence of the poor—is already leading to the closing, in their interest, of considerable portions of the surface of the land. About London, for instance, perhaps half the prettier country is shut in against intrusion.

And this same widening gulf—which is due to the length and expense of the higher educational process and the increased facilities for and temptations towards refined habits on the part of the rich—will make that exchange between class and class, that promotion by intermarriage which at present retards the splitting of our species along lines of social stratification, less and less frequent.

Así pues, al final, en la superficie tendréis a los Que Tienen, persiguiendo el placer y la comodidad y la belleza, y bajo tierra a los Que No Tienen, los Trabajadores adaptándose continuamente a las condiciones de su trabajo. Una vez allí, sin duda tendrían que pagar alquiler, y no poco, por la ventilación de sus cavernas; y si se negaran, morirían de hambre o serían asfixiados por morosidad.

Aquellos de ellos que estuvieran tan constituidos como para ser miserables y rebeldes, morirían; y, al final, siendo el equilibrio permanente, los supervivientes se adaptarían tan bien a las condiciones de la vida subterránea, y serían tan felices a su manera, como la gente del Sobremundo lo era a la suya. Según me pareció, la belleza refinada y la palidez etiolada se sucedieron con toda naturalidad.

"El gran triunfo de la Humanidad que había soñado tomó una forma diferente en mi mente. No era el triunfo de la educación moral y de la cooperación general que yo había imaginado. En su lugar, vi una verdadera aristocracia, armada con una ciencia perfeccionada y llevando a una conclusión lógica el sistema industrial de hoy.

Su triunfo no había sido simplemente un triunfo sobre la Naturaleza, sino un triunfo sobre la Naturaleza y el prójimo. Ésta, debo advertirlo, era mi teoría en aquel momento. No tenía ningún cicerone conveniente en el modelo de los libros utópicos. Mi explicación puede ser absolutamente errónea. Sigo pensando que es la más plausible.

So, in the end, above ground you must have the Haves, pursuing pleasure and comfort and beauty, and below ground the Have-nots, the Workers getting continually adapted to the conditions of their labour. Once they were there, they would no doubt have to pay rent, and not a little of it, for the ventilation of their caverns; and if they refused, they would starve or be suffocated for arrears.

Such of them as were so constituted as to be miserable and rebellious would die; and, in the end, the balance being permanent, the survivors would become as well adapted to the conditions of underground life, and as happy in their way, as the Overworld people were to theirs. As it seemed to me, the refined beauty and the etiolated pallor followed naturally enough.

"The great triumph of Humanity I had dreamed of took a different shape in my mind. It had been no such triumph of moral education and general co-operation as I had imagined. Instead, I saw a real aristocracy, armed with a perfected science and working to a logical conclusion the industrial system of today.

Its triumph had not been simply a triumph over Nature, but a triumph over Nature and the fellow-man. This, I must warn you, was my theory at the time. I had no convenient cicerone in the pattern of the Utopian books. My explanation may be absolutely wrong. I still think it is the most plausible one.

Pero incluso en este supuesto, la civilización equilibrada que al fin se alcanzó debía de haber superado hacía tiempo su cenit, y ahora estaba muy caída en la decadencia. La seguridad demasiado perfecta de los habitantes del Sobremundo les había conducido a un lento movimiento de degeneración, a una disminución general de tamaño, fuerza e inteligencia.

Eso ya lo veía bastante claro. Aún no sospechaba lo que les había sucedido a los Subterráneos; pero, por lo que había visto de los Morlocks -que, por cierto, era el nombre con el que se llamaba a esas criaturas-, podía imaginar que la modificación del tipo humano era aún mucho más profunda que entre los "Eloi", la hermosa raza que ya conocía.

"Entonces surgieron dudas problemáticas. ¿Por qué se habían llevado los Morlocks mi Máquina del Tiempo? Porque estaba seguro de que habían sido ellos quienes se la habían llevado. ¿Por qué, además, si los Eloi eran los amos, no podían devolverme la máquina? ¿Y por qué tenían tanto miedo a la oscuridad? Procedí, como ya he dicho, a interrogar a Weena sobre este Inframundo, pero también en este caso quedé decepcionado.

Al principio no entendía mis preguntas, y luego se negó a responderlas. Temblaba como si el tema fuera insoportable. Y cuando la presioné, quizá con un poco de dureza, rompió a llorar. Fueron las únicas lágrimas, excepto las mías, que vi en aquella Edad de Oro. Cuando las vi, dejé bruscamente de preocuparme por los Morlocks, y sólo me preocupé de desterrar de los ojos de Weena aquellos signos de su herencia humana.

But even on this supposition the balanced civilisation that was at last attained must have long since passed its zenith, and was now far fallen into decay. The too-perfect security of the Overworlders had led them to a slow movement of degeneration, to a general dwindling in size, strength, and intelligence.

That I could see clearly enough already. What had happened to the Undergrounders I did not yet suspect; but, from what I had seen of the Morlocks—that, by the bye, was the name by which these creatures were called—I could imagine that the modification of the human type was even far more profound than among the 'Eloi,' the beautiful race that I already knew.

"Then came troublesome doubts. Why had the Morlocks taken my Time Machine? For I felt sure it was they who had taken it. Why, too, if the Eloi were masters, could they not restore the machine to me? And why were they so terribly afraid of the dark? I proceeded, as I have said, to question Weena about this Underworld, but here again I was disappointed.

At first she would not understand my questions, and presently she refused to answer them. She shivered as though the topic was unendurable. And when I pressed her, perhaps a little harshly, she burst into tears. They were the only tears, except my own, I ever saw in that Golden Age. When I saw them I ceased abruptly to trouble about the Morlocks, and was only concerned in banishing these signs of her human inheritance from Weena's eyes.

Y muy pronto estaba sonriendo y aplaudiendo, mientras yo quemaba solemnemente una cerilla.

And very soon she was smiling and clapping her hands, while I solemnly burnt a match.

The Morlocks

Los Morlocks

"Puede parecerte extraño, pero pasaron dos días antes de que pudiera seguir la pista recién descubierta de la forma que era manifiestamente adecuada. Sentí un peculiar encogimiento ante aquellos cuerpos pálidos. Tenían el color medio blanqueado de los gusanos y las cosas que uno ve conservadas en espíritu en un museo zoológico. Y estaban asquerosamente fríos al tacto. Probablemente, mi encogimiento se debía en gran parte a la simpática influencia de los Eloi, cuya repugnancia hacia los Morlocks empezaba a apreciar ahora.

"La noche siguiente no dormí bien. Probablemente mi salud estaba un poco desordenada. Me oprimían la perplejidad y la duda. Una o dos veces tuve una sensación de miedo intenso para la que no podía percibir ninguna razón definida. Recuerdo que me arrastré sin hacer ruido hasta la gran sala donde dormían los pequeños a la luz de la luna -aquella noche Weena estaba entre ellos- y me sentí reconfortado por su presencia.

"It may seem odd to you, but it was two days before I could follow up the new-found clue in what was manifestly the proper way. I felt a peculiar shrinking from those pallid bodies. They were just the half-bleached colour of the worms and things one sees preserved in spirit in a zoological museum. And they were filthily cold to the touch. Probably my shrinking was largely due to the sympathetic influence of the Eloi, whose disgust of the Morlocks I now began to appreciate.

"The next night I did not sleep well. Probably my health was a little disordered. I was oppressed with perplexity and doubt. Once or twice I had a feeling of intense fear for which I could perceive no definite reason. I remember creeping noiselessly into the great hall where the little people were sleeping in the moonlight—that night Weena was among them—and feeling reassured by their presence.

Ya entonces se me ocurrió que en el transcurso de unos días la luna debía atravesar su último cuarto y las noches oscurecerse, cuando las apariciones de estas desagradables criaturas de abajo, estos lémures blanqueados, esta nueva alimaña que había reemplazado a la antigua, podrían ser más abundantes. Y en estos dos días tuve la sensación inquieta de quien elude un deber inevitable.

Tenía la certeza de que la Máquina del Tiempo sólo se recuperaría penetrando audazmente en estos misterios del subsuelo. Sin embargo, no podía enfrentarme al misterio. Si hubiera tenido un compañero, habría sido diferente. Pero estaba horriblemente sola, e incluso descender a la oscuridad del pozo me horrorizaba.

No sé si comprenderás mi sentimiento, pero nunca me sentí del todo segura a mi espalda.

"Fue esta inquietud, esta inseguridad, tal vez, lo que me llevó cada vez más lejos en mis expediciones de exploración. Dirigiéndome hacia el suroeste, hacia el terreno elevado que ahora se llama Combe Wood, observé a lo lejos, en dirección a la decimonónica Banstead, una vasta estructura verde, de carácter diferente a cualquiera que hubiera visto hasta entonces.

Era más grande que el mayor de los palacios o ruinas que conocía, y la fachada tenía un aspecto oriental: su cara tenía el brillo, así como el tinte verde pálido, una especie de verde azulado, de cierto tipo de porcelana china. Esta diferencia de aspecto sugería una diferencia de uso, y me decidí a seguir adelante y explorar.

It occurred to me even then, that in the course of a few days the moon must pass through its last quarter, and the nights grow dark, when the appearances of these unpleasant creatures from below, these whitened Lemurs, this new vermin that had replaced the old, might be more abundant. And on both these days I had the restless feeling of one who shirks an inevitable duty.

I felt assured that the Time Machine was only to be recovered by boldly penetrating these mysteries of underground. Yet I could not face the mystery. If only I had had a companion it would have been different. But I was so horribly alone, and even to clamber down into the darkness of the well appalled me.

I don't know if you will understand my feeling, but I never felt quite safe at my back.

"It was this restlessness, this insecurity, perhaps, that drove me farther and farther afield in my exploring expeditions. Going to the south-westward towards the rising country that is now called Combe Wood, I observed far-off, in the direction of nineteenth-century Banstead, a vast green structure, different in character from any I had hitherto seen.

It was larger than the largest of the palaces or ruins I knew, and the façade had an Oriental look: the face of it having the lustre, as well as the pale-green tint, a kind of bluish-green, of a certain type of Chinese porcelain. This difference in aspect suggested a difference in use, and I was minded to push on and explore.

Pero el día se estaba haciendo tarde, y yo había llegado a la vista del lugar después de un largo y fatigoso circuito; así que resolví aplazar la aventura para el día siguiente, y regresé a la acogida y las caricias de la pequeña Weena. Pero a la mañana siguiente percibí con suficiente claridad que mi curiosidad por el Palacio de Porcelana Verde era un autoengaño que me permitía eludir, un día más, una experiencia que temía.

Resolví que haría el descenso sin más pérdida de tiempo, y partí de madrugada hacia un pozo cercano a las ruinas de granito y aluminio.

"La pequeña Weena corrió conmigo. Bailó a mi lado hasta el pozo, pero cuando me vio inclinarme sobre la boca y mirar hacia abajo, pareció extrañamente desconcertada. Adiós, pequeña Weena", le dije, besándola; y luego, dejándola en el suelo, empecé a buscar los ganchos de escalada por encima del parapeto. Más bien deprisa, lo confieso, pues temía que se me escapara el valor.

Al principio me miró asombrada. Luego lanzó un grito lastimero y, corriendo hacia mí, empezó a tirar de mí con sus manitas. Creo que su oposición me animó a seguir adelante. Me la quité de encima, quizá con un poco de brusquedad, y en un momento estaba en la garganta del pozo. Vi su rostro agonizante por encima del parapeto y sonreí para tranquilizarla.

Entonces tuve que mirar hacia abajo, a los inestables ganchos a los que me aferraba.

But the day was growing late, and I had come upon the sight of the place after a long and tiring circuit; so I resolved to hold over the adventure for the following day, and I returned to the welcome and the caresses of little Weena. But next morning I perceived clearly enough that my curiosity regarding the Palace of Green Porcelain was a piece of self-deception, to enable me to shirk, by another day, an experience I dreaded.

I resolved I would make the descent without further waste of time, and started out in the early morning towards a well near the ruins of granite and aluminium.

"Little Weena ran with me. She danced beside me to the well, but when she saw me lean over the mouth and look downward, she seemed strangely disconcerted. 'Good-bye, little Weena,' I said, kissing her; and then putting her down, I began to feel over the parapet for the climbing hooks. Rather hastily, I may as well confess, for I feared my courage might leak away!

At first she watched me in amazement. Then she gave a most piteous cry, and running to me, she began to pull at me with her little hands. I think her opposition nerved me rather to proceed. I shook her off, perhaps a little roughly, and in another moment I was in the throat of the well. I saw her agonised face over the parapet, and smiled to reassure her.

Then I had to look down at the unstable hooks to which I clung.

"Tuve que descender por un pozo de unos doscientos metros. El descenso se efectuaba por medio de barras metálicas que sobresalían de los lados del pozo, y como éstas estaban adaptadas a las necesidades de una criatura mucho más pequeña y ligera que yo, el descenso me produjo rápidamente calambres y fatiga. ¡Y no sólo fatigado!

Uno de los barrotes se dobló de repente bajo mi peso, y casi me hizo caer a la negrura que había debajo. Por un momento quedé colgado de una mano, y después de aquella experiencia no me atreví a volver a descansar. Aunque me dolían mucho los brazos y la espalda, seguí trepando por la escarpada pendiente con la mayor rapidez posible.

Mirando hacia arriba, vi la abertura, un pequeño disco azul, en el que se veía una estrella, mientras que la cabecita de Weena se mostraba como una proyección redonda y negra. El ruido sordo de una máquina se hizo cada vez más fuerte y opresivo. Todo, excepto aquel pequeño disco de arriba, estaba profundamente oscuro, y cuando volví a mirar hacia arriba, Weena había desaparecido.

"I had to clamber down a shaft of perhaps two hundred yards. The descent was effected by means of metallic bars projecting from the sides of the well, and these being adapted to the needs of a creature much smaller and lighter than myself, I was speedily cramped and fatigued by the descent. And not simply fatigued!

One of the bars bent suddenly under my weight, and almost swung me off into the blackness beneath. For a moment I hung by one hand, and after that experience I did not dare to rest again. Though my arms and back were presently acutely painful, I went on clambering down the sheer descent with as quick a motion as possible.

Glancing upward, I saw the aperture, a small blue disc, in which a star was visible, while little Weena's head showed as a round black projection. The thudding sound of a machine below grew louder and more oppressive. Everything save that little disc above was profoundly dark, and when I looked up again Weena had disappeared.

"Sentía una agonía de incomodidad. Se me ocurrió la idea de volver a subir por el pozo y abandonar el Inframundo. Pero mientras le daba vueltas a esto en mi mente, continué descendiendo. Por fin, con intenso alivio, vi tenuemente asomarse, a un palmo a mi derecha, una esbelta aspillera en la pared. Introduciéndome en ella, descubrí que era la abertura de un estrecho túnel horizontal en el que podía tumbarme y descansar. No era demasiado pronto. Me dolían los brazos, tenía calambres en la espalda y temblaba por el prolongado terror a una caída. Además, la oscuridad ininterrumpida había tenido un efecto angustioso sobre mis ojos. El aire estaba lleno del latido y el zumbido de la maquinaria que bombeaba aire por el pozo.

"No sé cuánto tiempo estuve tumbada. Me despertó una mano suave que me tocaba la cara. Levantándome en la oscuridad, cogí las cerillas y, al encender una, vi a tres criaturas blancas y encorvadas, parecidas a las que había visto en la ruina, que se retiraban apresuradamente ante la luz. Viviendo, como vivían, en lo que me pareció una oscuridad impenetrable, sus ojos eran anormalmente grandes y sensibles, como lo son las pupilas de los peces abismales, y reflejaban la luz del mismo modo.

No me cabe duda de que podían verme en aquella oscuridad sin rayos, y no parecían tenerme ningún miedo aparte de la luz. Pero, en cuanto encendí una cerilla para verlos, huyeron incontinentemente, desapareciendo en oscuras alcantarillas y túneles, desde los que sus ojos me miraban de la forma más extraña.

"I was in an agony of discomfort. I had some thought of trying to go up the shaft again, and leave the Underworld alone. But even while I turned this over in my mind I continued to descend. At last, with intense relief, I saw dimly coming up, a foot to the right of me, a slender loophole in the wall. Swinging myself in, I found it was the aperture of a narrow horizontal tunnel in which I could lie down and rest. It was not too soon. My arms ached, my back was cramped, and I was trembling with the prolonged terror of a fall. Besides this, the unbroken darkness had had a distressing effect upon my eyes. The air was full of the throb and hum of machinery pumping air down the shaft.

"I do not know how long I lay. I was aroused by a soft hand touching my face. Starting up in the darkness I snatched at my matches and, hastily striking one, I saw three stooping white creatures similar to the one I had seen above ground in the ruin, hastily retreating before the light. Living, as they did, in what appeared to me impenetrable darkness, their eyes were abnormally large and sensitive, just as are the pupils of the abysmal fishes, and they reflected the light in the same way.

I have no doubt they could see me in that rayless obscurity, and they did not seem to have any fear of me apart from the light. But, so soon as I struck a match in order to see them, they fled incontinently, vanishing into dark gutters and tunnels, from which their eyes glared at me in the strangest fashion.

"Intenté llamarles, pero el idioma que hablaban era, al parecer, distinto del de los habitantes de Ultramundo, por lo que me vi obligada a valerme por mí misma, y ya entonces pensé en huir antes de explorar. Pero me dije: "Ahora te toca a ti", y al avanzar por el túnel, el ruido de la maquinaria se hizo cada vez más fuerte. Al poco, las paredes se alejaron de mí, llegué a un gran espacio abierto y, al encender otra cerilla, vi que había entrado en una vasta caverna arqueada, que se extendía en la oscuridad más allá del alcance de mi luz. La vista que tenía de ella era todo lo que se podía ver mientras ardía una cerilla.

"Necesariamente mi recuerdo es vago. Grandes formas, como grandes máquinas, surgían de la penumbra y proyectaban grotescas sombras negras, en las que oscuros Morlocks espectrales se refugiaban del resplandor. El lugar, por cierto, estaba muy cargado y opresivo, y en el aire flotaba el tenue halito de la sangre recién derramada. A cierta distancia de la vista central había una mesita de metal blanco, puesta con lo que parecía una comida.

En cualquier caso, ¡los morlocks eran carnívoros! Incluso en aquel momento, recuerdo que me preguntaba qué animal de gran tamaño podría haber sobrevivido para amueblar el antro rojo que vi. Todo era muy indistinto: el pesado olor, las grandes formas sin sentido, las figuras obscenas que acechaban en las sombras, ¡y sólo esperaban que la oscuridad volviera a atacarme!

Entonces la cerilla se quemó, me picó en los dedos y cayó, una mancha roja retorciéndose en la negrura.

"I tried to call to them, but the language they had was apparently different from that of the Overworld people; so that I was needs left to my own unaided efforts, and the thought of flight before exploration was even then in my mind. But I said to myself, 'You are in for it now,' and, feeling my way along the tunnel, I found the noise of machinery grow louder. Presently the walls fell away from me, and I came to a large open space, and striking another match, saw that I had entered a vast arched cavern, which stretched into utter darkness beyond the range of my light. The view I had of it was as much as one could see in the burning of a match.

"Necessarily my memory is vague. Great shapes like big machines rose out of the dimness, and cast grotesque black shadows, in which dim spectral Morlocks sheltered from the glare. The place, by the bye, was very stuffy and oppressive, and the faint halitus of freshly-shed blood was in the air. Some way down the central vista was a little table of white metal, laid with what seemed a meal.

The Morlocks at any rate were carnivorous! Even at the time, I remember wondering what large animal could have survived to furnish the red joint I saw. It was all very indistinct: the heavy smell, the big unmeaning shapes, the obscene figures lurking in the shadows, and only waiting for the darkness to come at me again!

Then the match burnt down, and stung my fingers, and fell, a wriggling red spot in the blackness.

"He pensado desde entonces en lo particularmente mal equipado que estaba para semejante experiencia. Cuando había empezado con la Máquina del Tiempo, lo había hecho con la absurda suposición de que los hombres del Futuro estarían sin duda infinitamente por delante de nosotros en todos sus aparatos. Había venido sin armas, sin medicinas, sin nada para fumar -¡a veces echaba terriblemente de menos el tabaco!-, incluso sin suficientes cerillas.

¡Si hubiera pensado en una Kodak! Habría podido echar un vistazo al Inframundo en un segundo y examinarlo con tranquilidad. Pero, tal como estaban las cosas, me encontraba allí con sólo las armas y los poderes con los que la Naturaleza me había dotado: manos, pies y dientes; éstos, y cuatro fósforos de seguridad que aún me quedaban.

"Tenía miedo de abrirme paso entre toda aquella maquinaria en la oscuridad, y sólo con mi último atisbo de luz descubrí que mi reserva de cerillas se había agotado. Hasta ese momento no se me había ocurrido que fuera necesario economizarlas, y había malgastado casi la mitad de la caja en asombrar a los habitantes del Sobremundo, para quienes el fuego era una novedad.

Ahora, como digo, me quedaban cuatro, y mientras permanecía de pie en la oscuridad, una mano tocó la mía, unos dedos larguiruchos pasaron palpando por mi cara, y percibí un peculiar olor desagradable. Me pareció oír la respiración de una multitud de esos espantosos seres a mi alrededor. Sentí que desenganchaban suavemente la caja de cerillas que tenía en la mano, y que otras manos detrás de mí me desgarraban la ropa.

"I have thought since how particularly ill-equipped I was for such an experience. When I had started with the Time Machine, I had started with the absurd assumption that the men of the Future would certainly be infinitely ahead of ourselves in all their appliances. I had come without arms, without medicine, without anything to smoke—at times I missed tobacco frightfully!—even without enough matches.

If only I had thought of a Kodak! I could have flashed that glimpse of the Underworld in a second, and examined it at leisure. But, as it was, I stood there with only the weapons and the powers that Nature had endowed me with—hands, feet, and teeth; these, and four safety-matches that still remained to me.

"I was afraid to push my way in among all this machinery in the dark, and it was only with my last glimpse of light I discovered that my store of matches had run low. It had never occurred to me until that moment that there was any need to economise them, and I had wasted almost half the box in astonishing the Overworlders, to whom fire was a novelty.

Now, as I say, I had four left, and while I stood in the dark, a hand touched mine, lank fingers came feeling over my face, and I was sensible of a peculiar unpleasant odour. I fancied I heard the breathing of a crowd of those dreadful little beings about me. I felt the box of matches in my hand being gently disengaged, and other hands behind me plucking at my clothing.

La sensación de que esas criaturas invisibles me examinaran era indescriptiblemente desagradable. La súbita comprensión de mi ignorancia sobre sus formas de pensar y actuar me llegó muy vívidamente en la oscuridad. Les grité tan fuerte como pude. Se alejaron y entonces sentí que volvían a acercarse a mí.

Se agarraron a mí con más fuerza, susurrándose sonidos extraños. Me estremecí violentamente y volví a gritar de forma bastante discordante. Esta vez no se alarmaron tan seriamente, e hicieron un extraño ruido de risa mientras volvían hacia mí. Confieso que me asusté muchísimo. Decidí encender otra cerilla y escapar al amparo de su resplandor.

Así lo hice, y apagando el parpadeo con un trozo de papel de mi bolsillo, me retiré al estrecho túnel. Pero apenas había entrado en él cuando mi luz se apagó y en la oscuridad pude oír a los Morlocks crujir como el viento entre las hojas, y repiquetear como la lluvia, mientras se apresuraban a seguirme.

"En un momento me agarraron varias manos, y no había duda de que intentaban arrastrarme hacia atrás. Encendí otra luz y la agité ante sus rostros deslumbrados. Apenas puedes imaginarte el aspecto nauseabundo e inhumano que tenían -esos rostros pálidos y sin barbilla y esos grandes ojos sin párpados de un gris rosáceo- mientras miraban en su ceguera y desconcierto.

The sense of these unseen creatures examining me was indescribably unpleasant. The sudden realisation of my ignorance of their ways of thinking and doing came home to me very vividly in the darkness. I shouted at them as loudly as I could. They started away, and then I could feel them approaching me again.

They clutched at me more boldly, whispering odd sounds to each other. I shivered violently, and shouted again—rather discordantly. This time they were not so seriously alarmed, and they made a queer laughing noise as they came back at me. I will confess I was horribly frightened. I determined to strike another match and escape under the protection of its glare.

I did so, and eking out the flicker with a scrap of paper from my pocket, I made good my retreat to the narrow tunnel. But I had scarce entered this when my light was blown out and in the blackness I could hear the Morlocks rustling like wind among leaves, and pattering like the rain, as they hurried after me.

"In a moment I was clutched by several hands, and there was no mistaking that they were trying to haul me back. I struck another light, and waved it in their dazzled faces. You can scarce imagine how nauseatingly inhuman they looked—those pale, chinless faces and great, lidless, pinkish-grey eyes!—as they stared in their blindness and bewilderment.

Pero no me quedé a mirar, te lo prometo: Me retiré de nuevo, y cuando mi segunda cerilla hubo terminado, encendí la tercera. Casi se había consumido cuando llegué a la abertura del pozo. Me tumbé en el borde, pues el latido de la gran bomba que había debajo me daba vértigo. Entonces palpé lateralmente los ganchos salientes y, al hacerlo, me agarraron los pies por detrás y me tiraron violentamente hacia atrás.

Encendí mi última cerilla... y se apagó incontinentemente. Pero ahora tenía la mano en las barras de escalada y, pataleando violentamente, me desenganché de las garras de los morlocks y trepé rápidamente por el pozo, mientras ellos se quedaban mirándome y parpadeando: todos menos un desgraciado que me siguió durante un buen trecho y casi consiguió mi bota como trofeo.

"Aquella subida me pareció interminable. En los últimos seis o siete metros me sobrevino una náusea mortal. Tuve grandes dificultades para mantenerme en pie. Los últimos metros fueron una lucha espantosa contra este desvanecimiento. Varias veces me dio vueltas la cabeza y sentí todas las sensaciones de la caída. Al final, sin embargo, superé de algún modo la boca del pozo y salí tambaleándome de la ruina a la cegadora luz del sol. Caí de bruces. Incluso el suelo olía dulce y limpio. Entonces recordé a Weena besándome las manos y las orejas, y las voces de otros Eloi. Entonces, durante un tiempo, quedé insensible.

But I did not stay to look, I promise you: I retreated again, and when my second match had ended, I struck my third. It had almost burnt through when I reached the opening into the shaft. I lay down on the edge, for the throb of the great pump below made me giddy. Then I felt sideways for the projecting hooks, and, as I did so, my feet were grasped from behind, and I was violently tugged backward.

I lit my last match ... and it incontinently went out. But I had my hand on the climbing bars now, and, kicking violently, I disengaged myself from the clutches of the Morlocks, and was speedily clambering up the shaft, while they stayed peering and blinking up at me: all but one little wretch who followed me for some way, and well-nigh secured my boot as a trophy.

"That climb seemed interminable to me. With the last twenty or thirty feet of it a deadly nausea came upon me. I had the greatest difficulty in keeping my hold. The last few yards was a frightful struggle against this faintness. Several times my head swam, and I felt all the sensations of falling. At last, however, I got over the well-mouth somehow, and staggered out of the ruin into the blinding sunlight. I fell upon my face. Even the soil smelt sweet and clean. Then I remember Weena kissing my hands and ears, and the voices of others among the Eloi. Then, for a time, I was insensible.

When Night Came

Cuando Llegó La Noche

"Ahora, en efecto, parecía hallarme en peor situación que antes. Hasta entonces, excepto durante la noche de angustia por la pérdida de la Máquina del Tiempo, había sentido una esperanza sostenida de escapar en última instancia, pero esa esperanza se tambaleaba ante estos nuevos descubrimientos. Hasta entonces sólo me había creído impedido por la simplicidad infantil de la gentecilla, y por algunas fuerzas desconocidas que sólo tenía que comprender para vencer; pero había un elemento totalmente nuevo en la cualidad enfermiza de los Morlocks: algo inhumano y maligno.

Instintivamente las aborrecía. Antes me había sentido como podría sentirse un hombre que ha caído en un pozo: mi preocupación era el pozo y cómo salir de él. Ahora me sentía como una bestia en una trampa, cuyo enemigo no tardaría en caer sobre él.

"Now, indeed, I seemed in a worse case than before. Hitherto, except during my night's anguish at the loss of the Time Machine, I had felt a sustaining hope of ultimate escape, but that hope was staggered by these new discoveries. Hitherto I had merely thought myself impeded by the childish simplicity of the little people, and by some unknown forces which I had only to understand to overcome; but there was an altogether new element in the sickening quality of the Morlocks—a something inhuman and malign.

Instinctively I loathed them. Before, I had felt as a man might feel who had fallen into a pit: my concern was with the pit and how to get out of it. Now I felt like a beast in a trap, whose enemy would come upon him soon.

"El enemigo que temía puede sorprenderte. Era la oscuridad de la luna nueva. Weena me lo había metido en la cabeza con unos comentarios al principio incomprensibles sobre las Noches Oscuras. Ahora ya no era tan difícil adivinar lo que podían significar las próximas Noches Oscuras. La luna estaba menguando: cada noche había un intervalo de oscuridad más largo.

Y ahora comprendía al menos hasta cierto punto la razón del miedo de los pequeños habitantes del Alto Mundo a la oscuridad. Me pregunté vagamente qué vil villanía podrían hacer los Morlocks bajo la luna nueva. Ahora estaba bastante seguro de que mi segunda hipótesis era errónea. Puede que en otro tiempo los habitantes del Mundo Superior fuesen la aristocracia favorecida, y los Morlocks sus sirvientes mecánicos: pero eso había pasado hacía mucho tiempo.

Las dos especies que habían resultado de la evolución del hombre se deslizaban hacia una relación totalmente nueva, o ya habían llegado a ella. Los Eloi, como los reyes de Carlovignan, habían decaído hasta una mera y bella futilidad. Seguían poseyendo la tierra a su pesar, pues los Morlocks, subterráneos durante innumerables generaciones, habían llegado por fin a encontrar intolerable la superficie iluminada por el día.

Deduje que los Morlocks confeccionaban sus prendas y las mantenían en sus necesidades habituales, tal vez por la supervivencia de un antiguo hábito de servicio. Lo hacían como un caballo parado da zarpazos con el pie, o como un hombre disfruta matando animales por deporte: porque antiguas y difuntas necesidades lo habían impreso en el organismo.

"The enemy I dreaded may surprise you. It was the darkness of the new moon. Weena had put this into my head by some at first incomprehensible remarks about the Dark Nights. It was not now such a very difficult problem to guess what the coming Dark Nights might mean. The moon was on the wane: each night there was a longer interval of darkness.

And I now understood to some slight degree at least the reason of the fear of the little Upperworld people for the dark. I wondered vaguely what foul villainy it might be that the Morlocks did under the new moon. I felt pretty sure now that my second hypothesis was all wrong. The Upperworld people might once have been the favoured aristocracy, and the Morlocks their mechanical servants: but that had long since passed away.

The two species that had resulted from the evolution of man were sliding down towards, or had already arrived at, an altogether new relationship. The Eloi, like the Carlovignan kings, had decayed to a mere beautiful futility. They still possessed the earth on sufferance: since the Morlocks, subterranean for innumerable generations, had come at last to find the daylit surface intolerable.

And the Morlocks made their garments, I inferred, and maintained them in their habitual needs, perhaps through the survival of an old habit of service. They did it as a standing horse paws with his foot, or as a man enjoys killing animals in sport: because ancient and departed necessities had impressed it on the organism.

Pero, evidentemente, el antiguo orden ya se había invertido en parte. La Némesis de los delicados avanzaba a pasos agigantados. Hace siglos, miles de generaciones, el hombre había expulsado a su hermano el hombre de la facilidad y la luz del sol. Y ahora ese hermano volvía, ¡cambiado! Los Eloi ya habían empezado a aprender de nuevo una vieja lección.

Se estaban reencontrando con el Miedo. Y de repente me vino a la cabeza el recuerdo de la carne que había visto en el Inframundo. Me pareció extraño que viniera flotando a mi mente, no agitado por la corriente de mis meditaciones, sino casi como una pregunta externa. Intenté recordar su forma.

Tuve una vaga sensación de algo familiar, pero en aquel momento no podía decir qué era.

"Sin embargo, por muy indefensas que estuvieran las personitas en presencia de su misterioso Miedo, yo tenía una constitución diferente. Salí de esta edad nuestra, de esta madurez de la raza humana, cuando el Miedo no paraliza y el misterio ha perdido sus terrores. Yo al menos me defendería. Sin más demora, decidí hacerme de armas y de un refugio donde dormir. Con aquel refugio como base, podría enfrentarme a este mundo extraño con algo de aquella confianza que había perdido al darme cuenta de a qué criaturas noche tras noche yacía expuesta. Sentía que no podría volver a dormir hasta que mi lecho estuviera a salvo de ellas. Me estremecí de horror al pensar cómo debían de haberme examinado ya.

But, clearly, the old order was already in part reversed. The Nemesis of the delicate ones was creeping on apace. Ages ago, thousands of generations ago, man had thrust his brother man out of the ease and the sunshine. And now that brother was coming back—changed! Already the Eloi had begun to learn one old lesson anew.

They were becoming reacquainted with Fear. And suddenly there came into my head the memory of the meat I had seen in the Underworld. It seemed odd how it floated into my mind: not stirred up as it were by the current of my meditations, but coming in almost like a question from outside. I tried to recall the form of it.

I had a vague sense of something familiar, but I could not tell what it was at the time.

"Still, however helpless the little people in the presence of their mysterious Fear, I was differently constituted. I came out of this age of ours, this ripe prime of the human race, when Fear does not paralyse and mystery has lost its terrors. I at least would defend myself. Without further delay I determined to make myself arms and a fastness where I might sleep. With that refuge as a base, I could face this strange world with some of that confidence I had lost in realising to what creatures night by night I lay exposed. I felt I could never sleep again until my bed was secure from them. I shuddered with horror to think how they must already have examined me.

"Vagué durante la tarde a lo largo del valle del Támesis, pero no encontré nada que se me antojara inaccesible. Todos los edificios y árboles parecían fácilmente practicables para escaladores tan diestros como deben ser los Morlocks, a juzgar por sus pozos. Entonces volvieron a mi memoria los altos pináculos del Palacio de Porcelana Verde y el pulido brillo de sus muros; y al atardecer, llevando a Weena como a una niña sobre mi hombro, subí por las colinas hacia el suroeste.

Había calculado que la distancia era de siete u ocho millas, pero debía de estar más cerca de las dieciocho. Había visto el lugar por primera vez en una tarde húmeda, cuando las distancias disminuyen engañosamente. Además, el tacón de uno de mis zapatos estaba suelto y un clavo atravesaba la suela -eran zapatos viejos y cómodos que usaba en interiores-, de modo que estaba cojo.

Y ya había pasado mucho tiempo desde la puesta del sol cuando llegué a la vista del palacio, silueteado de negro contra el amarillo pálido del cielo.

"Weena se había alegrado mucho cuando empecé a llevarla en brazos, pero al cabo de un rato deseó que la soltara y corrió a mi lado, lanzándose de vez en cuando a ambos lados para coger flores y metérmelas en los bolsillos. Mis bolsillos siempre habían desconcertado a Weena, pero al final había llegado a la conclusión de que eran una especie de jarrones excéntricos para la decoración floral. Al menos ella los utilizaba con ese fin. ¡Y eso me recuerda algo! Al cambiarme la chaqueta he encontrado...".

"I wandered during the afternoon along the valley of the Thames, but found nothing that commended itself to my mind as inaccessible. All the buildings and trees seemed easily practicable to such dexterous climbers as the Morlocks, to judge by their wells, must be. Then the tall pinnacles of the Palace of Green Porcelain and the polished gleam of its walls came back to my memory; and in the evening, taking Weena like a child upon my shoulder, I went up the hills towards the south-west.

The distance, I had reckoned, was seven or eight miles, but it must have been nearer eighteen. I had first seen the place on a moist afternoon when distances are deceptively diminished. In addition, the heel of one of my shoes was loose, and a nail was working through the sole—they were comfortable old shoes I wore about indoors—so that I was lame.

And it was already long past sunset when I came in sight of the palace, silhouetted black against the pale yellow of the sky.

"Weena had been hugely delighted when I began to carry her, but after a while she desired me to let her down, and ran along by the side of me, occasionally darting off on either hand to pick flowers to stick in my pockets. My pockets had always puzzled Weena, but at the last she had concluded that they were an eccentric kind of vases for floral decoration. At least she utilised them for that purpose. And that reminds me! In changing my jacket I found..."

*El Viajero del Tiempo hizo una pausa, se metió la mano en el bolsillo y depositó en silencio dos flores marchitas, no muy distintas de grandes malvas blancas, sobre la mesita. Luego reanudó su relato.

"Cuando el silencio del atardecer se apoderó del mundo y avanzamos por la cresta de la colina hacia Wimbledon, Weena se cansó y quiso volver a la casa de piedra gris. Pero yo le señalé los pináculos lejanos del Palacio de Porcelana Verde, y me las ingenié para hacerle comprender que buscábamos allí un refugio contra su Miedo.

¿Conoces esa gran pausa que sobreviene a las cosas antes del crepúsculo? Incluso la brisa se detiene en los árboles. Para mí siempre hay un aire de expectación en esa quietud vespertina. El cielo estaba despejado, remoto y vacío, salvo por unas pocas barras horizontales muy abajo en la puesta de sol. Pues bien, aquella noche la expectación tomó el color de mis temores.

En aquella calma tenebrosa, mis sentidos parecían agudizarse de un modo sobrenatural. Creía que incluso podía sentir el hueco del suelo bajo mis pies: podía, de hecho, casi ver a través de él a los Morlocks en su hormiguero yendo de aquí para allá y esperando la oscuridad. En mi excitación, creí que recibirían mi invasión de sus madrigueras como una declaración de guerra.

¿Y por qué se habían llevado mi Máquina del Tiempo?

The Time Traveller paused, put his hand into his pocket, and silently placed two withered flowers, not unlike very large white mallows, upon the little table. Then he resumed his narrative.

"As the hush of evening crept over the world and we proceeded over the hill crest towards Wimbledon, Weena grew tired and wanted to return to the house of grey stone. But I pointed out the distant pinnacles of the Palace of Green Porcelain to her, and contrived to make her understand that we were seeking a refuge there from her Fear.

You know that great pause that comes upon things before the dusk? Even the breeze stops in the trees. To me there is always an air of expectation about that evening stillness. The sky was clear, remote, and empty save for a few horizontal bars far down in the sunset. Well, that night the expectation took the colour of my fears.

In that darkling calm my senses seemed preternaturally sharpened. I fancied I could even feel the hollowness of the ground beneath my feet: could, indeed, almost see through it the Morlocks on their ant-hill going hither and thither and waiting for the dark. In my excitement I fancied that they would receive my invasion of their burrows as a declaration of war.

And why had they taken my Time Machine?

"Así que continuamos en la tranquilidad, y el crepúsculo se profundizó hasta convertirse en noche. El azul claro de la lejanía se desvaneció, y surgió una estrella tras otra. El suelo se oscureció y los árboles se ennegrecieron. Los temores y la fatiga de Weena se apoderaron de ella. La cogí en brazos, le hablé y la acaricié. Luego, cuando la oscuridad se hizo más profunda, me rodeó el cuello con los brazos y, cerrando los ojos, apretó fuertemente la cara contra mi hombro.

Descendimos por una larga pendiente hasta un valle, y allí, en la penumbra, casi me metí en un pequeño río. Lo vadeé y subí por el lado opuesto del valle, pasando junto a varias casas dormidas y una estatua, un Fauno o una figura parecida, *menos* la cabeza. Aquí también había acacias. Hasta entonces no había visto nada de los Morlocks, pero aún era temprano en la noche, y todavía faltaban las horas más oscuras antes de que saliera la vieja luna.

"Desde la cima de la siguiente colina vi un espeso bosque que se extendía ancho y negro ante mí. Vacilé ante esto. No veía el final, ni a derecha ni a izquierda. Cansado -en particular, me dolían mucho los pies-, bajé con cuidado a Weena del hombro cuando me detuve y me senté en el césped.

"So we went on in the quiet, and the twilight deepened into night. The clear blue of the distance faded, and one star after another came out. The ground grew dim and the trees black. Weena's fears and her fatigue grew upon her. I took her in my arms and talked to her and caressed her. Then, as the darkness grew deeper, she put her arms round my neck, and, closing her eyes, tightly pressed her face against my shoulder.

So we went down a long slope into a valley, and there in the dimness I almost walked into a little river. This I waded, and went up the opposite side of the valley, past a number of sleeping houses, and by a statue—a Faun, or some such figure, *minus* the head. Here too were acacias. So far I had seen nothing of the Morlocks, but it was yet early in the night, and the darker hours before the old moon rose were still to come.

"From the brow of the next hill I saw a thick wood spreading wide and black before me. I hesitated at this. I could see no end to it, either to the right or the left. Feeling tired—my feet, in particular, were very sore—I carefully lowered Weena from my shoulder as I halted, and sat down upon the turf.

Ya no veía el Palacio de Porcelana Verde y dudaba de mi dirección. Miré en la espesura del bosque y pensé en lo que podría esconder. Bajo aquella densa maraña de ramas no se verían las estrellas. Aunque no hubiera ningún otro peligro acechante -un peligro sobre el que no me importaba dejar volar mi imaginación-, aún quedaban todas las raíces con las que tropezar y los troncos de los árboles contra los que golpearse.

Yo también estaba muy cansado, después de las agitaciones del día; así que decidí que no me enfrentaría a él, sino que pasaría la noche en la colina abierta.

"Me alegró comprobar que Weena dormía profundamente. La envolví cuidadosamente en mi chaqueta y me senté a su lado para esperar la salida de la luna. La ladera estaba tranquila y desierta, pero desde la oscuridad del bosque llegaba de vez en cuando un revuelo de seres vivos. Por encima de mí brillaban las estrellas, pues la noche era muy clara.

Su parpadeo me reconfortó amistosamente. Sin embargo, todas las antiguas constelaciones habían desaparecido del cielo: ese lento movimiento, imperceptible en cien vidas humanas, hacía tiempo que las había reorganizado en agrupaciones desconocidas. Pero la Vía Láctea, me pareció, seguía siendo el mismo jirón de polvo estelar de antaño.

Hacia el sur (a mi juicio) había una estrella roja muy brillante que era nueva para mí; era aún más espléndida que nuestra verde Sirio. Y en medio de todos estos centelleantes puntos de luz, un brillante planeta brillaba amable y firme como el rostro de un viejo amigo.

I could no longer see the Palace of Green Porcelain, and I was in doubt of my direction. I looked into the thickness of the wood and thought of what it might hide. Under that dense tangle of branches one would be out of sight of the stars. Even were there no other lurking danger—a danger I did not care to let my imagination loose upon—there would still be all the roots to stumble over and the tree-boles to strike against.

I was very tired, too, after the excitements of the day; so I decided that I would not face it, but would pass the night upon the open hill.

"Weena, I was glad to find, was fast asleep. I carefully wrapped her in my jacket, and sat down beside her to wait for the moonrise. The hillside was quiet and deserted, but from the black of the wood there came now and then a stir of living things. Above me shone the stars, for the night was very clear.

I felt a certain sense of friendly comfort in their twinkling. All the old constellations had gone from the sky, however: that slow movement which is imperceptible in a hundred human lifetimes, had long since rearranged them in unfamiliar groupings. But the Milky Way, it seemed to me, was still the same tattered streamer of star-dust as of yore.

Southward (as I judged it) was a very bright red star that was new to me; it was even more splendid than our own green Sirius. And amid all these scintillating points of light one bright planet shone kindly and steadily like the face of an old friend.

"Mirar estas estrellas empequeñeció de repente mis propios problemas y todas las gravedades de la vida terrestre. Pensé en su insondable distancia y en la lenta e inevitable deriva de sus movimientos desde el desconocido pasado hacia el desconocido futuro. Pensé en el gran ciclo precesional que describe el polo de la Tierra.

Sólo cuarenta veces se había producido esa revolución silenciosa durante todos los años que yo había recorrido. Y durante esas pocas revoluciones toda la actividad, todas las tradiciones, las complejas organizaciones, las naciones, lenguas, literaturas, aspiraciones, incluso el mero recuerdo del Hombre tal como yo lo conocía, habían sido barridos de la existencia.

En su lugar estaban aquellas frágiles criaturas que habían olvidado su elevada ascendencia, y las Cosas blancas de las que yo iba aterrorizado. Entonces pensé en el Gran Miedo que había entre las dos especies, y por primera vez, con un súbito escalofrío, me llegó el claro conocimiento de lo que podía ser la carne que había visto. Sin embargo, ¡era demasiado horrible!

Miré a la pequeña Weena, que dormía a mi lado, con el rostro blanco y estrellado bajo las estrellas, y deseché inmediatamente aquel pensamiento.

"Looking at these stars suddenly dwarfed my own troubles and all the gravities of terrestrial life. I thought of their unfathomable distance, and the slow inevitable drift of their movements out of the unknown past into the unknown future. I thought of the great precessional cycle that the pole of the earth describes.

Only forty times had that silent revolution occurred during all the years that I had traversed. And during these few revolutions all the activity, all the traditions, the complex organisations, the nations, languages, literatures, aspirations, even the mere memory of Man as I knew him, had been swept out of existence.

Instead were these frail creatures who had forgotten their high ancestry, and the white Things of which I went in terror. Then I thought of the Great Fear that was between the two species, and for the first time, with a sudden shiver, came the clear knowledge of what the meat I had seen might be. Yet it was too horrible!

I looked at little Weena sleeping beside me, her face white and starlike under the stars, and forthwith dismissed the thought.

"A lo largo de aquella larga noche, evité pensar en los Morlocks y pasé el tiempo intentando encontrar señales de las antiguas constelaciones en la nueva confusión. El cielo se mantenía muy despejado, excepto por alguna nube brumosa. Sin duda, a veces me dormía. Entonces, a medida que avanzaba mi vigilia, se produjo un desvanecimiento en el cielo hacia el este, como el reflejo de un fuego incoloro, y salió la vieja luna, delgada y blanca.

Y muy cerca, sobrepasándola y desbordándola, llegó el alba, pálida al principio, y luego cada vez más rosada y cálida. Ningún Morlocks se había acercado a nosotros. De hecho, no había visto a ninguno en la colina aquella noche. Y en la confianza del renovado día casi me pareció que mi temor había sido irrazonable. Me levanté y me encontré el pie con el talón suelto hinchado en el tobillo y dolorido bajo el talón; así que volví a sentarme, me quité los zapatos y los arrojé lejos.

"Desperté a Weena, y bajamos al bosque, ahora verde y agradable en lugar de negro y prohibitivo. Encontramos fruta con la que romper el ayuno. Pronto nos encontramos con otras de las delicadas, que reían y bailaban a la luz del sol como si en la naturaleza no existiera la noche. Y entonces volví a pensar en la carne que había visto.

"Through that long night I held my mind off the Morlocks as well as I could, and whiled away the time by trying to fancy I could find signs of the old constellations in the new confusion. The sky kept very clear, except for a hazy cloud or so. No doubt I dozed at times. Then, as my vigil wore on, came a faintness in the eastward sky, like the reflection of some colourless fire, and the old moon rose, thin and peaked and white.

And close behind, and overtaking it, and overflowing it, the dawn came, pale at first, and then growing pink and warm. No Morlocks had approached us. Indeed, I had seen none upon the hill that night. And in the confidence of renewed day it almost seemed to me that my fear had been unreasonable. I stood up and found my foot with the loose heel swollen at the ankle and painful under the heel; so I sat down again, took off my shoes, and flung them away.

"I awakened Weena, and we went down into the wood, now green and pleasant instead of black and forbidding. We found some fruit wherewith to break our fast. We soon met others of the dainty ones, laughing and dancing in the sunlight as though there was no such thing in nature as the night. And then I thought once more of the meat that I had seen.

Ahora estaba segura de lo que era, y desde el fondo de mi corazón me compadecí de este último débil riachuelo de la gran inundación de la humanidad. Evidentemente, en algún momento del Largo-Ago de la decadencia humana, la comida de los Morlocks se había agotado. Posiblemente habían vivido de ratas y alimañas similares. Incluso ahora, el hombre es mucho menos exigente y exclusivo en su alimentación de lo que era, mucho menos que cualquier mono.

Su prejuicio contra la carne humana no es un instinto profundamente arraigado. ¡Y así, estos inhumanos hijos de los hombres...! Intenté contemplar el asunto con espíritu científico. Al fin y al cabo, eran menos humanos y más remotos que nuestros antepasados caníbales de hace tres o cuatro mil años. Y la inteligencia que habría hecho de este estado de cosas un tormento había desaparecido.

¿Por qué iba a preocuparme? Aquellos Eloi eran meras reses cebadas, que los Morlocks, semejantes a hormigas, conservaban y depredaban, y probablemente se encargaban de criar. ¡Y allí estaba Weena bailando a mi lado!

I felt assured now of what it was, and from the bottom of my heart I pitied this last feeble rill from the great flood of humanity. Clearly, at some time in the Long-Ago of human decay the Morlocks' food had run short. Possibly they had lived on rats and such-like vermin. Even now man is far less discriminating and exclusive in his food than he was—far less than any monkey.

His prejudice against human flesh is no deep-seated instinct. And so these inhuman sons of men——! I tried to look at the thing in a scientific spirit. After all, they were less human and more remote than our cannibal ancestors of three or four thousand years ago. And the intelligence that would have made this state of things a torment had gone.

Why should I trouble myself? These Eloi were mere fatted cattle, which the ant-like Morlocks preserved and preyed upon—probably saw to the breeding of. And there was Weena dancing at my side!

"Entonces traté de preservarme del horror que se me venía encima, considerándolo como un riguroso castigo del egoísmo humano. El hombre se había contentado con vivir en la facilidad y el deleite de los trabajos de su prójimo, había tomado la Necesidad como su consigna y excusa, y en la plenitud del tiempo la Necesidad se había vuelto contra él. Incluso intenté un desprecio a lo Carlyle de esta desdichada aristocracia en decadencia. Pero esta actitud mental era imposible. Por grande que fuera su degradación intelectual, los Eloi habían conservado demasiado de la forma humana como para no reclamar mi simpatía y hacerme forzosamente partícipe de su degradación y su Miedo.

"En aquel momento tenía ideas muy vagas sobre el camino que debía seguir. La primera era conseguir un lugar seguro donde refugiarme y fabricarme las armas de metal o piedra que pudiera encontrar. Esa necesidad era inmediata. En segundo lugar, esperaba conseguir algún medio de fuego, para tener a mano el arma de una antorcha, pues sabía que nada sería más eficaz contra aquellos morlocks.

Entonces quise preparar algún artilugio para romper las puertas de bronce bajo la Esfinge Blanca. Tenía en mente un ariete. Tenía la persuasión de que si lograba entrar en aquellas puertas y llevar ante mí un resplandor de luz, descubriría la Máquina del Tiempo y escaparía. No podía imaginar que los Morlocks fueran lo bastante fuertes como para alejarla.

A Weena había resuelto llevarla conmigo a nuestro propio tiempo. Y dando vueltas a tales planes en mi mente, proseguí nuestro camino hacia el edificio que mi fantasía había elegido como morada.

"Then I tried to preserve myself from the horror that was coming upon me, by regarding it as a rigorous punishment of human selfishness. Man had been content to live in ease and delight upon the labours of his fellow-man, had taken Necessity as his watchword and excuse, and in the fullness of time Necessity had come home to him. I even tried a Carlyle-like scorn of this wretched aristocracy in decay. But this attitude of mind was impossible. However great their intellectual degradation, the Eloi had kept too much of the human form not to claim my sympathy, and to make me perforce a sharer in their degradation and their Fear.

"I had at that time very vague ideas as to the course I should pursue. My first was to secure some safe place of refuge, and to make myself such arms of metal or stone as I could contrive. That necessity was immediate. In the next place, I hoped to procure some means of fire, so that I should have the weapon of a torch at hand, for nothing, I knew, would be more efficient against these Morlocks.

Then I wanted to arrange some contrivance to break open the doors of bronze under the White Sphinx. I had in mind a battering ram. I had a persuasion that if I could enter those doors and carry a blaze of light before me I should discover the Time Machine and escape. I could not imagine the Morlocks were strong enough to move it far away.

Weena I had resolved to bring with me to our own time. And turning such schemes over in my mind I pursued our way towards the building which my fancy had chosen as our dwelling.

The Palace of Green Porcelain

El Palacio De La Porcelana Verde

"Encontré el Palacio de la Porcelana Verde, cuando nos acercamos a él hacia el mediodía, desierto y en ruinas. En sus ventanas sólo quedaban restos de cristal y grandes láminas del revestimiento verde se habían desprendido del corroído armazón metálico. Estaba situada en lo alto de una colina cubierta de césped y, antes de entrar en ella, me sorprendió ver un gran estuario, o incluso un arroyo, donde creí que debían de haber estado Wandsworth y Battersea. Pensé entonces -aunque nunca seguí pensando en ello- en lo que podría haber sucedido, o estar sucediendo, a los seres vivos del mar.

"El material del palacio resultó ser porcelana, y en su superficie vi una inscripción de carácter desconocido. Pensé, algo tontamente, que Weena podría ayudarme a interpretarla, pero sólo supe que nunca se le había pasado por la cabeza la mera idea de escribir. Siempre me pareció más humana de lo que era, tal vez porque su afecto era muy humano.

"I found the Palace of Green Porcelain, when we approached it about noon, deserted and falling into ruin. Only ragged vestiges of glass remained in its windows, and great sheets of the green facing had fallen away from the corroded metallic framework. It lay very high upon a turfy down, and looking north-eastward before I entered it, I was surprised to see a large estuary, or even creek, where I judged Wandsworth and Battersea must once have been. I thought then—though I never followed up the thought—of what might have happened, or might be happening, to the living things in the sea.

"The material of the Palace proved on examination to be indeed porcelain, and along the face of it I saw an inscription in some unknown character. I thought, rather foolishly, that Weena might help me to interpret this, but I only learnt that the bare idea of writing had never entered her head. She always seemed to me, I fancy, more human than she was, perhaps because her affection was so human.

"Dentro de las grandes válvulas de la puerta -que estaban abiertas y rotas- encontramos, en lugar del habitual vestíbulo, una larga galería iluminada por muchas ventanas laterales. A primera vista me recordó a un museo. El suelo de baldosas estaba cubierto de polvo, y un notable conjunto de objetos diversos se hallaba envuelto en la misma cubierta gris.

Entonces percibí, de pie, extraño y demacrado en el centro de la sala, lo que era claramente la parte inferior de un enorme esqueleto. Reconocí por los pies oblicuos que se trataba de alguna criatura extinguida al estilo del Megaterio. El cráneo y los huesos superiores yacían a su lado en el polvo espeso, y en un lugar, donde el agua de lluvia había caído a través de una gotera en el techo, la cosa misma se había desgastado.

Más allá, en la galería, estaba el enorme esqueleto de un Brontosaurio. Mi hipótesis museística se confirmó. Dirigiéndome hacia un lateral encontré lo que parecían ser estanterías inclinadas, y quitando el espeso polvo, hallé las viejas y familiares vitrinas de nuestra época. Pero debían de ser herméticas, a juzgar por la buena conservación de algunos de sus contenidos.

"Within the big valves of the door—which were open and broken—we found, instead of the customary hall, a long gallery lit by many side windows. At the first glance I was reminded of a museum. The tiled floor was thick with dust, and a remarkable array of miscellaneous objects was shrouded in the same grey covering.

Then I perceived, standing strange and gaunt in the centre of the hall, what was clearly the lower part of a huge skeleton. I recognised by the oblique feet that it was some extinct creature after the fashion of the Megatherium. The skull and the upper bones lay beside it in the thick dust, and in one place, where rain-water had dropped through a leak in the roof, the thing itself had been worn away.

Further in the gallery was the huge skeleton barrel of a Brontosaurus. My museum hypothesis was confirmed. Going towards the side I found what appeared to be sloping shelves, and clearing away the thick dust, I found the old familiar glass cases of our own time. But they must have been air-tight to judge from the fair preservation of some of their contents.

"Estaba claro que nos encontrábamos entre las ruinas de un South Kensington de los últimos tiempos. Aparentemente, aquí se encontraba la Sección Paleontológica, y debía de ser un espléndido conjunto de fósiles, aunque el inevitable proceso de descomposición, que se había detenido durante un tiempo y que, con la extinción de bacterias y hongos, había perdido noventa y nueve centésimas partes de su fuerza, volvía a actuar sobre todos sus tesoros con extrema seguridad, aunque con extrema lentitud.

Aquí y allá encontré rastros de la gentecilla en forma de raros fósiles rotos en pedazos o ensartados en cuerdas sobre cañas. En algunos casos, los morlocks se habían llevado las cajas. El lugar era muy silencioso. El polvo espeso amortiguaba nuestros pasos. Weena, que había estado haciendo rodar un erizo de mar por el cristal inclinado de una vitrina, se acercó, mientras yo miraba fijamente a mi alrededor, me cogió de la mano y se puso a mi lado.

"Y al principio me sorprendió tanto este antiguo monumento de una época intelectual que no pensé en las posibilidades que presentaba. Incluso mi preocupación por la Máquina del Tiempo retrocedió un poco de mi mente.

"A juzgar por el tamaño del lugar, este Palacio de Porcelana Verde tenía mucho más que una Galería de Paleontología; posiblemente galerías históricas; ¡podría ser, incluso una biblioteca! Para mí, al menos en mis circunstancias actuales, éstas serían mucho más interesantes que este espectáculo de geología antigua en decadencia.

"Clearly we stood among the ruins of some latter-day South Kensington! Here, apparently, was the Palæontological Section, and a very splendid array of fossils it must have been, though the inevitable process of decay that had been staved off for a time, and had, through the extinction of bacteria and fungi, lost ninety-nine hundredths of its force, was nevertheless, with extreme sureness if with extreme slowness at work again upon all its treasures.

Here and there I found traces of the little people in the shape of rare fossils broken to pieces or threaded in strings upon reeds. And the cases had in some instances been bodily removed—by the Morlocks, as I judged. The place was very silent. The thick dust deadened our footsteps. Weena, who had been rolling a sea urchin down the sloping glass of a case, presently came, as I stared about me, and very quietly took my hand and stood beside me.

"And at first I was so much surprised by this ancient monument of an intellectual age that I gave no thought to the possibilities it presented. Even my preoccupation about the Time Machine receded a little from my mind.

"To judge from the size of the place, this Palace of Green Porcelain had a great deal more in it than a Gallery of Palæontology; possibly historical galleries; it might be, even a library! To me, at least in my present circumstances, these would be vastly more interesting than this spectacle of old-time geology in decay.

Explorando, encontré otra galería corta que discurría transversalmente a la primera. Parecía dedicada a los minerales, y la visión de un bloque de azufre me hizo pensar en la pólvora. Pero no encontré salitre ni nitratos de ningún tipo. Sin duda se habían licuado hacía siglos. Sin embargo, el azufre permaneció en mi mente y me hizo pensar.

En cuanto al resto del contenido de aquella galería, aunque en conjunto era el mejor conservado de todos los que vi, tenía poco interés. No soy especialista en mineralogía, y seguí por un pasillo muy ruinoso que corría paralelo a la primera sala por la que había entrado. Al parecer, esta sección había estado dedicada a la historia natural, pero hacía mucho tiempo que todo había perdido reconocimiento.

Unos pocos vestigios marchitos y ennegrecidos de lo que antes habían sido animales disecados, momias disecadas en frascos que antes habían contenido espíritu, un polvo marrón de plantas difuntas: ¡eso era todo! Lo lamenté, porque me habría gustado seguir los pacientes reajustes mediante los cuales se había logrado la conquista de la naturaleza animada.

Luego llegamos a una galería de proporciones sencillamente colosales, pero singularmente mal iluminada, cuyo suelo descendía en ligero ángulo desde el extremo por el que entré. A intervalos colgaban del techo globos blancos -muchos de ellos agrietados y destrozados- que sugerían que originalmente el lugar había estado iluminado artificialmente.

Exploring, I found another short gallery running transversely to the first. This appeared to be devoted to minerals, and the sight of a block of sulphur set my mind running on gunpowder. But I could find no saltpetre; indeed, no nitrates of any kind. Doubtless they had deliquesced ages ago. Yet the sulphur hung in my mind, and set up a train of thinking.

As for the rest of the contents of that gallery, though on the whole they were the best preserved of all I saw, I had little interest. I am no specialist in mineralogy, and I went on down a very ruinous aisle running parallel to the first hall I had entered. Apparently this section had been devoted to natural history, but everything had long since passed out of recognition.

A few shrivelled and blackened vestiges of what had once been stuffed animals, desiccated mummies in jars that had once held spirit, a brown dust of departed plants: that was all! I was sorry for that, because I should have been glad to trace the patient readjustments by which the conquest of animated nature had been attained.

Then we came to a gallery of simply colossal proportions, but singularly ill-lit, the floor of it running downward at a slight angle from the end at which I entered. At intervals white globes hung from the ceiling—many of them cracked and smashed—which suggested that originally the place had been artificially lit.

Aquí estaba más en mi elemento, pues a ambos lados de mí se alzaban los enormes bultos de grandes máquinas, todas muy corroídas y muchas averiadas, pero algunas todavía bastante completas. Ya sabes que tengo cierta debilidad por los mecanismos, y me sentí inclinado a entretenerme entre ellos; tanto más cuanto que en su mayor parte tenían el interés de los rompecabezas, y yo sólo podía hacer vagas conjeturas sobre para qué servían.

Creía que, si conseguía resolver sus enigmas, estaría en posesión de poderes que podrían ser útiles contra los Morlocks.

"De repente, Weena se acercó mucho a mi lado. Tan de repente que me sobresaltó. Si no hubiera sido por ella, creo que no me habría dado cuenta de que el suelo de la galería estaba inclinado. [Nota: Puede ser, por supuesto, que el suelo no estuviera inclinado, sino que el museo estuviera construido en la ladera de una colina.]

El extremo por el que yo había entrado estaba bastante por encima del suelo, y estaba iluminado por unas raras ventanas en forma de rendija. A medida que se descendía, el suelo se acercaba a estas ventanas, hasta que al final había un pozo como el "área" de una casa londinense delante de cada una, y sólo una estrecha línea de luz diurna en la parte superior. Yo avanzaba lentamente, intrigado por las máquinas, y había estado demasiado concentrado en ellas para darme cuenta de la disminución gradual de la luz, hasta que las crecientes aprensiones de Weena llamaron mi atención.

Here I was more in my element, for rising on either side of me were the huge bulks of big machines, all greatly corroded and many broken down, but some still fairly complete. You know I have a certain weakness for mechanism, and I was inclined to linger among these; the more so as for the most part they had the interest of puzzles, and I could make only the vaguest guesses at what they were for.

I fancied that if I could solve their puzzles I should find myself in possession of powers that might be of use against the Morlocks.

"Suddenly Weena came very close to my side. So suddenly that she startled me. Had it not been for her I do not think I should have noticed that the floor of the gallery sloped at all. [Footnote: It may be, of course, that the floor did not slope, but that the museum was built into the side of a hill.—ED.]

The end I had come in at was quite above ground, and was lit by rare slit-like windows. As you went down the length, the ground came up against these windows, until at last there was a pit like the 'area' of a London house before each, and only a narrow line of daylight at the top. I went slowly along, puzzling about the machines, and had been too intent upon them to notice the gradual diminution of the light, until Weena's increasing apprehensions drew my attention.

Entonces vi que la galería descendía al fin hacia una espesa oscuridad. Vacilé, y luego, al mirar a mi alrededor, vi que el polvo era menos abundante y su superficie menos uniforme. Más lejos, hacia la penumbra, parecía estar interrumpida por una serie de pequeñas y estrechas huellas. Mi sensación de la presencia inmediata de los Morlocks se reavivó en ese momento.

Sentí que estaba perdiendo el tiempo en el examen académico de la maquinaria. Recordé que la tarde estaba ya muy avanzada y que aún no tenía armas, ni refugio, ni medios para hacer fuego. Y entonces, en la remota negrura de la galería, oí un peculiar repiqueteo y los mismos ruidos extraños que había oído en el pozo.

"Cogí la mano de Weena. Entonces, golpeado por una idea repentina, la dejé y me volví hacia una máquina de la que salía una palanca no muy distinta de las de una caja de señales. Subí al estrado y, agarrando la palanca con las manos, puse todo mi peso de lado sobre ella. De repente Weena, abandonada en el pasillo central, empezó a gemir.

Había juzgado la fuerza de la palanca con bastante acierto, pues se rompió tras un minuto de esfuerzo, y volví a reunirme con ella con una maza en la mano más que suficiente, a mi juicio, para cualquier cráneo morlock que pudiera encontrarme. Y ansiaba mucho matar a un morlock o algo así. Pensarás que es muy inhumano querer matar a tus propios descendientes.

Then I saw that the gallery ran down at last into a thick darkness. I hesitated, and then, as I looked round me, I saw that the dust was less abundant and its surface less even. Further away towards the dimness, it appeared to be broken by a number of small narrow footprints. My sense of the immediate presence of the Morlocks revived at that.

I felt that I was wasting my time in the academic examination of machinery. I called to mind that it was already far advanced in the afternoon, and that I had still no weapon, no refuge, and no means of making a fire. And then down in the remote blackness of the gallery I heard a peculiar pattering, and the same odd noises I had heard down the well.

"I took Weena's hand. Then, struck with a sudden idea, I left her and turned to a machine from which projected a lever not unlike those in a signal-box. Clambering upon the stand, and grasping this lever in my hands, I put all my weight upon it sideways. Suddenly Weena, deserted in the central aisle, began to whimper.

I had judged the strength of the lever pretty correctly, for it snapped after a minute's strain, and I rejoined her with a mace in my hand more than sufficient, I judged, for any Morlock skull I might encounter. And I longed very much to kill a Morlock or so. Very inhuman, you may think, to want to go killing one's own descendants!

Pero era imposible, de algún modo, sentir humanidad alguna en aquellas cosas. Sólo mi desgana por abandonar a Weena, y la persuasión de que si empezaba a saciar mi sed de asesinato mi Máquina del Tiempo podría sufrir, me contuvieron de bajar directamente a la galería y matar a los brutos que oía.

"Pues bien, con la maza en una mano y Weena en la otra, salí de aquella galería y entré en otra aún mayor, que a primera vista me recordó una capilla militar colgada con banderas hechas jirones. Los harapos marrones y carbonizados que colgaban de sus lados, los reconocí enseguida como los vestigios en descomposición de los libros.

Hacía tiempo que se habían hecho pedazos y habían perdido toda huella. Pero aquí y allá había tableros combados y cierres metálicos agrietados que lo contaban todo muy bien. Si yo hubiera sido un literato, tal vez habría moralizado sobre la futilidad de toda ambición. Pero tal como estaban las cosas, lo que más me impresionó fue el enorme despilfarro de trabajo del que daba testimonio aquel sombrío desierto de papel podrido.

En aquel momento confesaré que pensaba sobre todo en las *Transacciones filosóficas* y en mis propios diecisiete artículos sobre óptica física.

But it was impossible, somehow, to feel any humanity in the things. Only my disinclination to leave Weena, and a persuasion that if I began to slake my thirst for murder my Time Machine might suffer, restrained me from going straight down the gallery and killing the brutes I heard.

"Well, mace in one hand and Weena in the other, I went out of that gallery and into another and still larger one, which at the first glance reminded me of a military chapel hung with tattered flags. The brown and charred rags that hung from the sides of it, I presently recognised as the decaying vestiges of books.

They had long since dropped to pieces, and every semblance of print had left them. But here and there were warped boards and cracked metallic clasps that told the tale well enough. Had I been a literary man I might, perhaps, have moralised upon the futility of all ambition. But as it was, the thing that struck me with keenest force was the enormous waste of labour to which this sombre wilderness of rotting paper testified.

At the time I will confess that I thought chiefly of the *Philosophical Transactions* and my own seventeen papers upon physical optics.

"Luego, subiendo por una amplia escalera, llegamos a lo que en otro tiempo pudo ser una galería de química técnica. Y aquí tuve no pocas esperanzas de hacer descubrimientos útiles. Excepto en un extremo, donde el techo se había derrumbado, esta galería estaba bien conservada. Me acerqué con avidez a todas las vitrinas intactas. Y por fin, en una de las cajas realmente herméticas, encontré una caja de cerillas.

Los probé con mucha ilusión. Estaban perfectamente bien. Ni siquiera estaban húmedos. Me volví hacia Weena. Baila", le grité en su propia lengua. Ahora sí que tenía un arma contra las horribles criaturas que temíamos. Y así, en aquel museo abandonado, sobre la espesa y suave alfombra de polvo, para gran deleite de Weena, ejecuté solemnemente una especie de danza compuesta, silbando *La Tierra del Leal* tan alegremente como pude.

En parte era un modesto *cancan*, en parte un baile de pasos, en parte un baile con falda (hasta donde me lo permitía mi frac), y en parte original. Como sabes, soy ingeniosa por naturaleza.

"Ahora bien, sigo pensando que el hecho de que esta caja de cerillas haya escapado al desgaste del tiempo durante años inmemoriales fue algo de lo más extraño, como para mí fue de lo más afortunado. Sin embargo, por extraño que parezca, encontré una sustancia mucho más improbable, y era alcanfor. Lo encontré en un frasco sellado, que por casualidad, supongo, había sido realmente cerrado herméticamente.

"Then, going up a broad staircase, we came to what may once have been a gallery of technical chemistry. And here I had not a little hope of useful discoveries. Except at one end where the roof had collapsed, this gallery was well preserved. I went eagerly to every unbroken case. And at last, in one of the really air-tight cases, I found a box of matches.

Very eagerly I tried them. They were perfectly good. They were not even damp. I turned to Weena. 'Dance,' I cried to her in her own tongue. For now I had a weapon indeed against the horrible creatures we feared. And so, in that derelict museum, upon the thick soft carpeting of dust, to Weena's huge delight, I solemnly performed a kind of composite dance, whistling *The Land of the Leal* as cheerfully as I could.

In part it was a modest *cancan*, in part a step dance, in part a skirt dance (so far as my tail-coat permitted), and in part original. For I am naturally inventive, as you know.

"Now, I still think that for this box of matches to have escaped the wear of time for immemorial years was a most strange, as for me it was a most fortunate, thing. Yet, oddly enough, I found a far unlikelier substance, and that was camphor. I found it in a sealed jar, that by chance, I suppose, had been really hermetically sealed.

Al principio creí que era parafina y rompí el vaso en consecuencia. Pero el olor a alcanfor era inconfundible. En la descomposición universal, esta sustancia volátil había sobrevivido, tal vez durante miles de siglos. Me recordó a una pintura sepia que había visto una vez hecha a partir de la tinta de un Belemnite fósil que debió de perecer y fosilizarse hace millones de años.

Estaba a punto de tirarla, pero recordé que era inflamable y ardía con una buena llama brillante -era, de hecho, una vela excelente- y me la metí en el bolsillo. Sin embargo, no encontré explosivos ni ningún medio de derribar las puertas de bronce. Hasta el momento, mi palanca de hierro era lo más útil que había encontrado.

Sin embargo, salí de aquella galería muy eufórico.

"No puedo contarte toda la historia de aquella larga tarde. Necesitaría un gran esfuerzo de memoria para recordar mis exploraciones en el orden adecuado. Recuerdo una larga galería de puestos de armas oxidadas, y cómo dudaba entre mi palanca y un hacha o una espada. Sin embargo, no podía llevar las dos cosas, y mi barra de hierro prometía más contra las puertas de bronce.

Había muchos fusiles, pistolas y rifles. La mayoría eran masas de óxido, pero muchas eran de metal nuevo y seguían bastante sanas. Sin embargo, los cartuchos o la pólvora que pudiera haber se habían convertido en polvo. Una esquina que vi estaba carbonizada y destrozada; tal vez, pensé, por una explosión entre los especímenes.

I fancied at first that it was paraffin wax, and smashed the glass accordingly. But the odour of camphor was unmistakable. In the universal decay this volatile substance had chanced to survive, perhaps through many thousands of centuries. It reminded me of a sepia painting I had once seen done from the ink of a fossil Belemnite that must have perished and become fossilised millions of years ago.

I was about to throw it away, but I remembered that it was inflammable and burnt with a good bright flame—was, in fact, an excellent candle—and I put it in my pocket. I found no explosives, however, nor any means of breaking down the bronze doors. As yet my iron crowbar was the most helpful thing I had chanced upon.

Nevertheless I left that gallery greatly elated.

"I cannot tell you all the story of that long afternoon. It would require a great effort of memory to recall my explorations in at all the proper order. I remember a long gallery of rusting stands of arms, and how I hesitated between my crowbar and a hatchet or a sword. I could not carry both, however, and my bar of iron promised best against the bronze gates.

There were numbers of guns, pistols, and rifles. The most were masses of rust, but many were of some new metal, and still fairly sound. But any cartridges or powder there may once have been had rotted into dust. One corner I saw was charred and shattered; perhaps, I thought, by an explosion among the specimens.

En otro lugar había una gran variedad de ídolos: polinesios, mexicanos, griegos, fenicios, de todos los países del mundo, creo. Y aquí, cediendo a un impulso irresistible, escribí mi nombre en la nariz de un monstruo de esteatita de Sudamérica que me atraía especialmente.

"A medida que avanzaba la tarde, mi interés disminuía. Recorrí una galería tras otra, polvorientas, silenciosas, a menudo ruinosas, los objetos expuestos a veces meros montones de óxido y lignito, otras veces más frescos. En un lugar me encontré de repente cerca de la maqueta de una mina de estaño, y entonces, por un mero accidente, descubrí, en una caja hermética, ¡dos cartuchos de dinamita!

Grité "¡Eureka!" y rompí el maletín de alegría. Luego vino una duda. Vacilé. Luego, eligiendo una pequeña galería lateral, hice mi ensayo. Nunca sentí tanta decepción como al esperar cinco, diez, quince minutos una explosión que nunca llegó. Por supuesto, se trataba de muñecos, como habría podido adivinar por su presencia.

Creo realmente que, de no haber sido así, me habría precipitado incontinentemente y habría hecho saltar por los aires la Esfinge, las puertas de bronce y (como se demostró) mis posibilidades de encontrar la Máquina del Tiempo.

In another place was a vast array of idols—Polynesian, Mexican, Grecian, Phœnician, every country on earth, I should think. And here, yielding to an irresistible impulse, I wrote my name upon the nose of a steatite monster from South America that particularly took my fancy.

"As the evening drew on, my interest waned. I went through gallery after gallery, dusty, silent, often ruinous, the exhibits sometimes mere heaps of rust and lignite, sometimes fresher. In one place I suddenly found myself near the model of a tin mine, and then by the merest accident I discovered, in an air-tight case, two dynamite cartridges!

I shouted 'Eureka!' and smashed the case with joy. Then came a doubt. I hesitated. Then, selecting a little side gallery, I made my essay. I never felt such a disappointment as I did in waiting five, ten, fifteen minutes for an explosion that never came. Of course the things were dummies, as I might have guessed from their presence.

I really believe that had they not been so, I should have rushed off incontinently and blown Sphinx, bronze doors, and (as it proved) my chances of finding the Time Machine, all together into non-existence.

"Fue después, creo, cuando llegamos a un pequeño patio abierto dentro del palacio. Estaba cubierto de césped y tenía tres árboles frutales. Descansamos y nos refrescamos. Hacia el atardecer empecé a considerar nuestra posición. La noche se nos echaba encima y aún no había encontrado mi escondite inaccesible. Pero eso ya me preocupaba muy poco.

Tenía en mi poder una cosa que era, tal vez, la mejor de todas las defensas contra los morlocks: ¡tenía cerillas! También tenía alcanfor en el bolsillo, por si hacía falta una hoguera. Me pareció que lo mejor que podíamos hacer era pasar la noche al raso, protegidos por una hoguera. Por la mañana había que conseguir la Máquina del Tiempo.

Para eso, hasta ahora, sólo disponía de mi maza de hierro. Pero ahora, con mis crecientes conocimientos, sentía algo muy distinto hacia aquellas puertas de bronce. Hasta entonces, me había abstenido de forzarlas, en gran parte por el misterio que había al otro lado. Nunca me habían parecido muy fuertes, y esperaba que mi barra de hierro no fuera del todo inadecuada para el trabajo.

"It was after that, I think, that we came to a little open court within the palace. It was turfed, and had three fruit-trees. So we rested and refreshed ourselves. Towards sunset I began to consider our position. Night was creeping upon us, and my inaccessible hiding-place had still to be found. But that troubled me very little now.

I had in my possession a thing that was, perhaps, the best of all defences against the Morlocks—I had matches! I had the camphor in my pocket, too, if a blaze were needed. It seemed to me that the best thing we could do would be to pass the night in the open, protected by a fire. In the morning there was the getting of the Time Machine.

Towards that, as yet, I had only my iron mace. But now, with my growing knowledge, I felt very differently towards those bronze doors. Up to this, I had refrained from forcing them, largely because of the mystery on the other side. They had never impressed me as being very strong, and I hoped to find my bar of iron not altogether inadequate for the work.

In the Darkness

En La Oscuridad

"Salimos del Palacio cuando el sol estaba aún en parte por encima del horizonte. Estaba decidido a llegar a la Esfinge Blanca a primera hora de la mañana siguiente, y antes del anochecer me propuse atravesar el bosque que me había detenido en el viaje anterior. Mi plan consistía en llegar lo más lejos posible aquella noche y luego, encendiendo un fuego, dormir al amparo de su resplandor.

Así pues, a medida que avanzábamos, iba recogiendo los palos y la hierba seca que veía, y al poco rato tenía los brazos llenos de tales desperdicios. Así cargados, nuestro avance fue más lento de lo que yo había previsto, y además Weena estaba cansada. Y yo también empecé a sufrir de somnolencia, de modo que se hizo de noche antes de que llegáramos al bosque.

En la colina cubierta de arbustos de su borde, Weena se habría detenido, temerosa de la oscuridad que nos acechaba; pero una singular sensación de calamidad inminente, que en verdad debería haberme servido de advertencia, me impulsó a seguir adelante. Llevaba una noche y dos días sin dormir, y estaba febril e irritable. Sentía que el sueño me invadía, y a los Morlocks con él.

"We emerged from the Palace while the sun was still in part above the horizon. I was determined to reach the White Sphinx early the next morning, and ere the dusk I purposed pushing through the woods that had stopped me on the previous journey. My plan was to go as far as possible that night, and then, building a fire, to sleep in the protection of its glare.

Accordingly, as we went along I gathered any sticks or dried grass I saw, and presently had my arms full of such litter. Thus loaded, our progress was slower than I had anticipated, and besides Weena was tired. And I, also, began to suffer from sleepiness too; so that it was full night before we reached the wood.

Upon the shrubby hill of its edge Weena would have stopped, fearing the darkness before us; but a singular sense of impending calamity, that should indeed have served me as a warning, drove me onward. I had been without sleep for a night and two days, and I was feverish and irritable. I felt sleep coming upon me, and the Morlocks with it.

"Mientras vacilábamos, entre los matorrales negros que había detrás de nosotros, y tenues contra su negrura, vi tres figuras agazapadas. Había matorrales y hierba larga a nuestro alrededor, y no me sentí a salvo de su insidiosa aproximación. Calculé que el bosque tenía menos de una milla de ancho. Si podíamos atravesarlo hasta la ladera desnuda, allí, según me parecía, había un lugar de descanso mucho más seguro; pensé que con mis cerillas y mi alcanfor podría ingeniármelas para mantener iluminado el camino a través del bosque.

Sin embargo, era evidente que, si quería encender cerillas con las manos, tendría que abandonar la leña; así que, bastante a regañadientes, la dejé. Y entonces se me ocurrió que sorprendería a nuestros amigos de atrás encendiéndola. Iba a descubrir la atroz insensatez de este proceder, pero se me ocurrió como una maniobra ingeniosa para cubrir nuestra retirada.

"No sé si has pensado alguna vez lo rara que debe ser la llama en ausencia del hombre y en un clima templado. El calor del sol rara vez es lo bastante fuerte como para quemar, incluso cuando es enfocado por las gotas de rocío, como ocurre a veces en distritos más tropicales. Los rayos pueden hacer estallar y ennegrecer, pero rara vez dan lugar a incendios generalizados. La vegetación en descomposición puede arder ocasionalmente con el calor de su fermentación, pero rara vez da lugar a llamas. También en esta decadencia se había olvidado en la tierra el arte de hacer fuego. Las lenguas rojas que iban lamiendo mi montón de leña eran algo totalmente nuevo y extraño para Weena.

"While we hesitated, among the black bushes behind us, and dim against their blackness, I saw three crouching figures. There was scrub and long grass all about us, and I did not feel safe from their insidious approach. The forest, I calculated, was rather less than a mile across. If we could get through it to the bare hillside, there, as it seemed to me, was an altogether safer resting-place; I thought that with my matches and my camphor I could contrive to keep my path illuminated through the woods.

Yet it was evident that if I was to flourish matches with my hands I should have to abandon my firewood; so, rather reluctantly, I put it down. And then it came into my head that I would amaze our friends behind by lighting it. I was to discover the atrocious folly of this proceeding, but it came to my mind as an ingenious move for covering our retreat.

"I don't know if you have ever thought what a rare thing flame must be in the absence of man and in a temperate climate. The sun's heat is rarely strong enough to burn, even when it is focused by dewdrops, as is sometimes the case in more tropical districts. Lightning may blast and blacken, but it rarely gives rise to widespread fire. Decaying vegetation may occasionally smoulder with the heat of its fermentation, but this rarely results in flame. In this decadence, too, the art of fire-making had been forgotten on the earth. The red tongues that went licking up my heap of wood were an altogether new and strange thing to Weena.

"Quería correr hacia él y jugar con él. Creo que se habría lanzado dentro si yo no la hubiera retenido. Pero la atrapé y, a pesar de sus forcejeos, se internó audazmente ante mí en el bosque. Durante un trecho, el resplandor de mi fuego iluminó el camino. Al volver la vista atrás, pude ver, a través de los tallos amontonados, que desde mi montón de palos el fuego se había extendido a algunos arbustos adyacentes, y una línea curva de fuego se arrastraba por la hierba de la colina.

Me reí de aquello, y me volví de nuevo hacia los oscuros árboles que tenía ante mí. Era muy negro, y Weena se aferró a mí convulsivamente, pero aún había, a medida que mis ojos se acostumbraban a la oscuridad, luz suficiente para evitar los tallos. En lo alto todo era simplemente negro, excepto donde un resquicio de remoto cielo azul brillaba sobre nosotros aquí y allá.

No encendí ninguna de mis cerillas porque no tenía ninguna mano libre. En mi brazo izquierdo llevaba a mi pequeño, en mi mano derecha tenía mi barra de hierro.

"Durante un rato no oí más que el crepitar de las ramas bajo mis pies, el débil susurro de la brisa en lo alto, mi propia respiración y el latido de los vasos sanguíneos en mis oídos. Entonces me pareció oír un golpeteo detrás de mí. Empujé con decisión. El repiqueteo se hizo más nítido, y entonces percibí el mismo sonido extraño y las mismas voces que había oído en el Inframundo. Evidentemente, había varios Morlocks y se acercaban a mí. En efecto, al cabo de un minuto sentí un tirón en el abrigo, y luego algo en el brazo. Weena se estremeció violentamente y se quedó inmóvil.

"She wanted to run to it and play with it. I believe she would have cast herself into it had I not restrained her. But I caught her up, and in spite of her struggles, plunged boldly before me into the wood. For a little way the glare of my fire lit the path. Looking back presently, I could see, through the crowded stems, that from my heap of sticks the blaze had spread to some bushes adjacent, and a curved line of fire was creeping up the grass of the hill.

I laughed at that, and turned again to the dark trees before me. It was very black, and Weena clung to me convulsively, but there was still, as my eyes grew accustomed to the darkness, sufficient light for me to avoid the stems. Overhead it was simply black, except where a gap of remote blue sky shone down upon us here and there.

I lit none of my matches because I had no hand free. Upon my left arm I carried my little one, in my right hand I had my iron bar.

"For some way I heard nothing but the crackling twigs under my feet, the faint rustle of the breeze above, and my own breathing and the throb of the blood-vessels in my ears. Then I seemed to know of a pattering behind me. I pushed on grimly. The pattering grew more distinct, and then I caught the same queer sound and voices I had heard in the Underworld. There were evidently several of the Morlocks, and they were closing in upon me. Indeed, in another minute I felt a tug at my coat, then something at my arm. And Weena shivered violently, and became quite still.

"Era hora de un combate. Pero para conseguirla debía tumbarla. Así lo hice y, mientras tanteaba el bolsillo, comenzó una lucha en la oscuridad alrededor de mis rodillas, perfectamente silenciosa por parte de ella y con los mismos peculiares arrullos de los morlocks. Unas manitas suaves se deslizaban también sobre mi abrigo y mi espalda, tocándome incluso el cuello.

Entonces la cerilla rayó y chisporroteó. La sostuve encendida y vi las blancas espaldas de los morlocks volando entre los árboles. Me apresuré a sacar del bolsillo un trozo de alcanfor y me dispuse a encenderlo en cuanto la cerilla se apagara. Entonces miré a Weena. Estaba tumbada agarrada a mis pies y completamente inmóvil, con la cara hacia el suelo.

Con un susto repentino, me incliné hacia ella. Parecía que apenas respiraba. Encendí el bloque de alcanfor y lo arrojé al suelo, y mientras se partía, ardía y hacía retroceder a los Morlocks y a las sombras, me arrodillé y la levanté. ¡El bosque que había detrás parecía lleno del revuelo y el murmullo de una gran compañía!

"Parecía haberse desmayado. La puse cuidadosamente sobre mi hombro y me levanté para seguir adelante, pero entonces me di cuenta de algo horrible. Al maniobrar con mis cerillas y Weena, me había dado la vuelta varias veces, y ahora no tenía la menor idea de en qué dirección iba. Por lo que sabía, podía estar retrocediendo hacia el Palacio de Porcelana Verde.

"It was time for a match. But to get one I must put her down. I did so, and, as I fumbled with my pocket, a struggle began in the darkness about my knees, perfectly silent on her part and with the same peculiar cooing sounds from the Morlocks. Soft little hands, too, were creeping over my coat and back, touching even my neck.

Then the match scratched and fizzed. I held it flaring, and saw the white backs of the Morlocks in flight amid the trees. I hastily took a lump of camphor from my pocket, and prepared to light it as soon as the match should wane. Then I looked at Weena. She was lying clutching my feet and quite motionless, with her face to the ground.

With a sudden fright I stooped to her. She seemed scarcely to breathe. I lit the block of camphor and flung it to the ground, and as it split and flared up and drove back the Morlocks and the shadows, I knelt down and lifted her. The wood behind seemed full of the stir and murmur of a great company!

"She seemed to have fainted. I put her carefully upon my shoulder and rose to push on, and then there came a horrible realisation. In manœuvring with my matches and Weena, I had turned myself about several times, and now I had not the faintest idea in what direction lay my path. For all I knew, I might be facing back towards the Palace of Green Porcelain.

Me encontré sudando frío. Tuve que pensar rápidamente qué hacer. Decidí encender un fuego y acampar donde estábamos. Puse a Weena, que seguía inmóvil, sobre un tronco de turba, y muy deprisa, cuando se me pasó el primer chorro de alcanfor, empecé a recoger palos y hojas. Aquí y allá, en la oscuridad que me rodeaba, los ojos de los morlocks brillaban como carbuncos.

"El alcanfor parpadeó y se apagó. Encendí una cerilla y, al hacerlo, dos formas blancas que se habían acercado a Weena se alejaron precipitadamente. Una estaba tan cegada por la luz que vino directa hacia mí, y sentí cómo le rechinaban los huesos bajo el golpe de mi puño. Dio un grito de consternación, se tambaleó un poco y cayó al suelo.

Encendí otro trozo de alcanfor y seguí recogiendo mi hoguera. Enseguida me di cuenta de lo seco que estaba parte del follaje que había sobre mí, pues desde mi llegada a la Máquina del Tiempo, cuestión de una semana, no había llovido. Así que, en vez de buscar ramitas caídas entre los árboles, empecé a saltar y a arrastrar ramas.

Muy pronto tuve un fuego ahogado de leña verde y palos secos, y pude economizar mi alcanfor. Entonces me volví hacia donde yacía Weena junto a mi maza de hierro. Intenté lo que pude para reanimarla, pero yacía como una muerta. Ni siquiera pude comprobar si respiraba o no.

I found myself in a cold sweat. I had to think rapidly what to do. I determined to build a fire and encamp where we were. I put Weena, still motionless, down upon a turfy bole, and very hastily, as my first lump of camphor waned, I began collecting sticks and leaves. Here and there out of the darkness round me the Morlocks' eyes shone like carbuncles.

"The camphor flickered and went out. I lit a match, and as I did so, two white forms that had been approaching Weena dashed hastily away. One was so blinded by the light that he came straight for me, and I felt his bones grind under the blow of my fist. He gave a whoop of dismay, staggered a little way, and fell down.

I lit another piece of camphor, and went on gathering my bonfire. Presently I noticed how dry was some of the foliage above me, for since my arrival on the Time Machine, a matter of a week, no rain had fallen. So, instead of casting about among the trees for fallen twigs, I began leaping up and dragging down branches.

Very soon I had a choking smoky fire of green wood and dry sticks, and could economise my camphor. Then I turned to where Weena lay beside my iron mace. I tried what I could to revive her, but she lay like one dead. I could not even satisfy myself whether or not she breathed.

"Ahora, el humo del fuego golpeaba hacia mí, y debió de pesarme de repente. Además, el vapor del alcanfor estaba en el aire. Mi fuego no necesitaría reponerse hasta dentro de una hora más o menos. Me sentía muy cansado después del esfuerzo y me senté. En el bosque se oía un murmullo lúgubre que no comprendí.

Me pareció asentir y abrir los ojos. Pero todo estaba oscuro y los Morlocks me tenían agarrado. Me zafé de sus dedos aferrados y busqué apresuradamente en mi bolsillo la caja de cerillas, ¡y ya no estaba! Entonces me agarraron y me cerraron de nuevo. En un instante supe lo que había ocurrido. Me había dormido, y mi fuego se había apagado, y la amargura de la muerte se apoderó de mi alma.

El bosque parecía lleno de olor a madera quemada. Me cogieron por el cuello, por el pelo, por los brazos, y tiraron de mí hacia abajo. Era indescriptiblemente horrible en la oscuridad sentir a todas esas criaturas blandas amontonadas sobre mí. Me sentía como en una monstruosa tela de araña. Me dominaron y caí. Sentí pequeños dientes que me mordisqueaban el cuello.

Me di la vuelta y, al hacerlo, mi mano chocó contra mi palanca de hierro. Me dio fuerzas. Me levanté a duras penas, apartando de mí a las ratas humanas y, sujetando la barra en corto, les clavé un puñal donde supuse que podrían estar sus caras. Sentí el suculento ceder de la carne y el hueso bajo mis golpes, y por un momento me sentí libre.

"Now, the smoke of the fire beat over towards me, and it must have made me heavy of a sudden. Moreover, the vapour of camphor was in the air. My fire would not need replenishing for an hour or so. I felt very weary after my exertion, and sat down. The wood, too, was full of a slumbrous murmur that I did not understand.

I seemed just to nod and open my eyes. But all was dark, and the Morlocks had their hands upon me. Flinging off their clinging fingers I hastily felt in my pocket for the match-box, and—it had gone! Then they gripped and closed with me again. In a moment I knew what had happened. I had slept, and my fire had gone out, and the bitterness of death came over my soul.

The forest seemed full of the smell of burning wood. I was caught by the neck, by the hair, by the arms, and pulled down. It was indescribably horrible in the darkness to feel all these soft creatures heaped upon me. I felt as if I was in a monstrous spider's web. I was overpowered, and went down. I felt little teeth nipping at my neck.

I rolled over, and as I did so my hand came against my iron lever. It gave me strength. I struggled up, shaking the human rats from me, and, holding the bar short, I thrust where I judged their faces might be. I could feel the succulent giving of flesh and bone under my blows, and for a moment I was free.

"Me invadió la extraña exultación que tan a menudo parece acompañar a los combates duros. Sabía que Weena y yo estábamos perdidos, pero decidí hacer pagar a los morlocks por su carne. Me puse de espaldas a un árbol, balanceando la barra de hierro ante mí. Todo el bosque estaba lleno del revuelo y los gritos de ellos.

Pasó un minuto. Sus voces parecían elevarse a un tono más alto de excitación, y sus movimientos se hacían más rápidos. Sin embargo, ninguno se puso a mi alcance. Me quedé mirando la negrura. Entonces, de repente, surgió la esperanza. ¿Y si los morlocks tenían miedo? Y justo después ocurrió algo extraño. La oscuridad pareció volverse luminosa.

Muy vagamente empecé a ver a los Morlocks a mi alrededor -tres maltratados a mis pies- y luego reconocí, con incrédula sorpresa, que los demás corrían, en una corriente incesante, como parecía, desde detrás de mí, y se alejaban por el bosque de enfrente. Y sus espaldas ya no parecían blancas, sino rojizas. Mientras me quedaba boquiabierto, vi una pequeña chispa roja flotar a través de un hueco de luz estelar entre las ramas y desaparecer.

Y en ese momento comprendí el olor a leña quemada, el murmullo lúgubre que ahora se convertía en un rugido racheado, el resplandor rojo y la huida de los Morlocks.

"The strange exultation that so often seems to accompany hard fighting came upon me. I knew that both I and Weena were lost, but I determined to make the Morlocks pay for their meat. I stood with my back to a tree, swinging the iron bar before me. The whole wood was full of the stir and cries of them.

A minute passed. Their voices seemed to rise to a higher pitch of excitement, and their movements grew faster. Yet none came within reach. I stood glaring at the blackness. Then suddenly came hope. What if the Morlocks were afraid? And close on the heels of that came a strange thing. The darkness seemed to grow luminous.

Very dimly I began to see the Morlocks about me—three battered at my feet—and then I recognised, with incredulous surprise, that the others were running, in an incessant stream, as it seemed, from behind me, and away through the wood in front. And their backs seemed no longer white, but reddish. As I stood agape, I saw a little red spark go drifting across a gap of starlight between the branches, and vanish.

And at that I understood the smell of burning wood, the slumbrous murmur that was growing now into a gusty roar, the red glow, and the Morlocks' flight.

"Al salir de detrás de mi árbol y mirar hacia atrás, vi, a través de los pilares negros de los árboles más cercanos, las llamas del bosque en llamas. Era el primer fuego que me perseguía. Entonces busqué a Weena, pero ya no estaba. El siseo y el crepitar a mis espaldas, el estruendo explosivo cuando cada nuevo árbol estallaba en llamas, dejaban poco tiempo para la reflexión.

Con mi barra de hierro aún agarrada, seguí el camino de los Morlocks. Fue una carrera muy reñida. En una ocasión, las llamas avanzaron tan rápidamente por mi derecha mientras corría, que me vi flanqueado y tuve que desviarme hacia la izquierda. Pero al final llegué a un pequeño espacio abierto y, al hacerlo, ¡un Morlock vino hacia mí, pasó a mi lado y se dirigió directamente hacia el fuego!

"Y ahora iba a ver la cosa más extraña y horrible, creo, de todas las que contemplé en aquella época futura. Todo aquel espacio estaba tan brillante como el día por el reflejo del fuego. En el centro había un montículo o túmulo, coronado por un espino chamuscado. Más allá había otro brazo del bosque ardiente, del que ya se retorcían lenguas amarillas, rodeando completamente el espacio con una cerca de fuego.

En la ladera había unos treinta o cuarenta morlocks, deslumbrados por la luz y el calor, y chocando entre sí en su desconcierto. Al principio no me di cuenta de su ceguera, y les golpeé furiosamente con mi barra, en un frenesí de miedo, a medida que se acercaban a mí, matando a uno y mutilando a varios más.

"Stepping out from behind my tree and looking back, I saw, through the black pillars of the nearer trees, the flames of the burning forest. It was my first fire coming after me. With that I looked for Weena, but she was gone. The hissing and crackling behind me, the explosive thud as each fresh tree burst into flame, left little time for reflection.

My iron bar still gripped, I followed in the Morlocks' path. It was a close race. Once the flames crept forward so swiftly on my right as I ran that I was outflanked and had to strike off to the left. But at last I emerged upon a small open space, and as I did so, a Morlock came blundering towards me, and past me, and went on straight into the fire!

"And now I was to see the most weird and horrible thing, I think, of all that I beheld in that future age. This whole space was as bright as day with the reflection of the fire. In the centre was a hillock or tumulus, surmounted by a scorched hawthorn. Beyond this was another arm of the burning forest, with yellow tongues already writhing from it, completely encircling the space with a fence of fire.

Upon the hillside were some thirty or forty Morlocks, dazzled by the light and heat, and blundering hither and thither against each other in their bewilderment. At first I did not realise their blindness, and struck furiously at them with my bar, in a frenzy of fear, as they approached me, killing one and crippling several more.

Pero cuando hube observado los gestos de uno de ellos, que se movía a tientas bajo el espino contra el cielo rojo, y oí sus gemidos, tuve la certeza de su absoluta impotencia y miseria bajo el resplandor, y no les di más golpes.

"Sin embargo, de vez en cuando uno venía directamente hacia mí, desatando un horror tembloroso que me hacía apresurarme a eludirlo. En un momento dado, las llamas se extinguieron un poco, y temí que las asquerosas criaturas pudieran verme en ese momento. Pensaba empezar la lucha matando a algunos de ellos antes de que esto sucediera; pero el fuego volvió a estallar con fuerza y me detuve. Caminé por la colina entre ellos y los evité, buscando algún rastro de Weena. Pero Weena había desaparecido.

"Por fin me senté en la cima de la colina y contemplé aquella extraña e increíble compañía de ciegos que iban y venían a tientas y se hacían ruidos extraños unos a otros, mientras el resplandor del fuego les golpeaba. El torbellino de humo surcaba el cielo, y a través de los raros jirones de aquel dosel rojo, remotos como si pertenecieran a otro universo, brillaban las pequeñas estrellas. Dos o tres morlocks se abalanzaron sobre mí, y yo los ahuyenté a golpes de puño, temblando al hacerlo.

But when I had watched the gestures of one of them groping under the hawthorn against the red sky, and heard their moans, I was assured of their absolute helplessness and misery in the glare, and I struck no more of them.

"Yet every now and then one would come straight towards me, setting loose a quivering horror that made me quick to elude him. At one time the flames died down somewhat, and I feared the foul creatures would presently be able to see me. I was thinking of beginning the fight by killing some of them before this should happen; but the fire burst out again brightly, and I stayed my hand. I walked about the hill among them and avoided them, looking for some trace of Weena. But Weena was gone.

"At last I sat down on the summit of the hillock, and watched this strange incredible company of blind things groping to and fro, and making uncanny noises to each other, as the glare of the fire beat on them. The coiling uprush of smoke streamed across the sky, and through the rare tatters of that red canopy, remote as though they belonged to another universe, shone the little stars. Two or three Morlocks came blundering into me, and I drove them off with blows of my fists, trembling as I did so.

"Durante la mayor parte de aquella noche estuve persuadida de que era una pesadilla. Me mordía y gritaba en un apasionado deseo de despertar. Golpeaba el suelo con las manos, me levantaba y volvía a sentarme, vagaba por aquí y por allá, y de nuevo me sentaba. Luego caía frotándome los ojos e invocando a Dios para que me dejara despertar. Tres veces vi a morlocks bajar la cabeza en una especie de agonía y precipitarse en las llamas. Pero, al fin, por encima del rojo menguante del fuego, por encima de las masas de humo negro y de los tocones de los árboles que se blanqueaban y ennegrecían, y del número cada vez menor de estas oscuras criaturas, llegó la luz blanca del día.

"Busqué de nuevo rastros de Weena, pero no había ninguno. Era evidente que habían abandonado su pobre cuerpecito en el bosque. No puedo describir cómo me alivió pensar que había escapado al horrible destino al que parecía destinada. Al pensar en ello, casi me sentí impulsado a iniciar una masacre de las indefensas abominaciones que me rodeaban, pero me contuve.

La loma, como ya he dicho, era una especie de isla en el bosque. Desde su cima podía divisar ahora, a través de una neblina de humo, el Palacio de Porcelana Verde, y a partir de él podía orientarme hacia la Esfinge Blanca. Y así, dejando al resto de aquellas almas condenadas que aún iban de aquí para allá y gemían, a medida que el día se aclaraba, me até un poco de hierba a los pies y avancé cojeando a través de cenizas humeantes y entre tallos negros que aún latían internamente con el fuego, hacia el escondite de la Máquina del Tiempo.

"For the most part of that night I was persuaded it was a nightmare. I bit myself and screamed in a passionate desire to awake. I beat the ground with my hands, and got up and sat down again, and wandered here and there, and again sat down. Then I would fall to rubbing my eyes and calling upon God to let me awake. Thrice I saw Morlocks put their heads down in a kind of agony and rush into the flames. But, at last, above the subsiding red of the fire, above the streaming masses of black smoke and the whitening and blackening tree stumps, and the diminishing numbers of these dim creatures, came the white light of the day.

"I searched again for traces of Weena, but there were none. It was plain that they had left her poor little body in the forest. I cannot describe how it relieved me to think that it had escaped the awful fate to which it seemed destined. As I thought of that, I was almost moved to begin a massacre of the helpless abominations about me, but I contained myself.

The hillock, as I have said, was a kind of island in the forest. From its summit I could now make out through a haze of smoke the Palace of Green Porcelain, and from that I could get my bearings for the White Sphinx. And so, leaving the remnant of these damned souls still going hither and thither and moaning, as the day grew clearer, I tied some grass about my feet and limped on across smoking ashes and among black stems that still pulsated internally with fire, towards the hiding-place of the Time Machine.

Caminé despacio, pues estaba casi agotada, además de coja, y sentí la más intensa desdicha por la horrible muerte de la pequeña Weena. Parecía una calamidad abrumadora. Ahora, en esta vieja habitación familiar, se parece más a la pena de un sueño que a una pérdida real. Pero aquella mañana volvió a dejarme absolutamente sola, terriblemente sola.

Empecé a pensar en esta casa mía, en esta chimenea, en algunos de vosotros, y con tales pensamientos vino una añoranza que era dolor.

"Pero, mientras caminaba sobre las humeantes cenizas bajo el brillante cielo de la mañana, hice un descubrimiento. En el bolsillo de mi pantalón había todavía algunas cerillas sueltas. La caja debió de gotear antes de perderse.

I walked slowly, for I was almost exhausted, as well as lame, and I felt the intensest wretchedness for the horrible death of little Weena. It seemed an overwhelming calamity. Now, in this old familiar room, it is more like the sorrow of a dream than an actual loss. But that morning it left me absolutely lonely again—terribly alone.

I began to think of this house of mine, of this fireside, of some of you, and with such thoughts came a longing that was pain.

"But, as I walked over the smoking ashes under the bright morning sky, I made a discovery. In my trouser pocket were still some loose matches. The box must have leaked before it was lost.

The Trap of the White Sphinx

La Trampa De La Esfinge Blanca

"Hacia las ocho o nueve de la mañana llegué al mismo asiento de metal amarillo desde el que había contemplado el mundo la tarde de mi llegada. Pensé en mis precipitadas conclusiones de aquella noche y no pude evitar reírme amargamente de mi confianza. Aquí estaba la misma hermosa escena, el mismo abundante follaje, los mismos espléndidos palacios y magníficas ruinas, el mismo río de plata corriendo entre sus fértiles orillas.

Las alegres túnicas de la hermosa gente se movían de un lado a otro entre los árboles. Algunos se bañaban exactamente en el lugar donde yo había salvado a Weena, lo que de pronto me produjo una aguda punzada de dolor. Y como manchas en el paisaje se alzaban las cúpulas sobre los caminos del Inframundo. Ahora comprendía qué cubría toda la belleza de la gente del Ultramundo.

Muy agradable era su día, tan agradable como el día del ganado en el campo. Al igual que el ganado, no conocían enemigos ni tenían necesidades. Y su fin era el mismo.

"About eight or nine in the morning I came to the same seat of yellow metal from which I had viewed the world upon the evening of my arrival. I thought of my hasty conclusions upon that evening and could not refrain from laughing bitterly at my confidence. Here was the same beautiful scene, the same abundant foliage, the same splendid palaces and magnificent ruins, the same silver river running between its fertile banks.

The gay robes of the beautiful people moved hither and thither among the trees. Some were bathing in exactly the place where I had saved Weena, and that suddenly gave me a keen stab of pain. And like blots upon the landscape rose the cupolas above the ways to the Underworld. I understood now what all the beauty of the Overworld people covered.

Very pleasant was their day, as pleasant as the day of the cattle in the field. Like the cattle, they knew of no enemies and provided against no needs. And their end was the same.

"Me apenaba pensar cuán breve había sido el sueño del intelecto humano. Se había suicidado. Se había encaminado firmemente hacia la comodidad y la facilidad, hacia una sociedad equilibrada con la seguridad y la permanencia como consigna, había alcanzado sus esperanzas: llegar a esto por fin. En otro tiempo, la vida y la propiedad habían alcanzado una seguridad casi absoluta. El rico tenía asegurada su riqueza y su comodidad, el trabajador tenía asegurada su vida y su trabajo. Sin duda, en aquel mundo perfecto no había habido ningún problema de desempleo, ninguna cuestión social sin resolver. Y había seguido una gran tranquilidad.

"Es una ley de la naturaleza que pasamos por alto, que la versatilidad intelectual es la compensación por el cambio, el peligro y los problemas. Un animal en perfecta armonía con su entorno es un mecanismo perfecto. La naturaleza nunca apela a la inteligencia hasta que el hábito y el instinto son inútiles. No hay inteligencia donde no hay cambio ni necesidad de cambio. Sólo participan de la inteligencia los animales que tienen que hacer frente a una enorme variedad de necesidades y peligros.

"Así pues, tal como yo lo veo, el hombre del Mundo Superior había derivado hacia su débil belleza, y el Inframundo hacia la mera industria mecánica. Pero a ese estado perfecto le había faltado una cosa, incluso para la perfección mecánica: la permanencia absoluta. Al parecer, con el paso del tiempo, la alimentación del Inframundo, fuera como fuese, se había desarticulado.

"I grieved to think how brief the dream of the human intellect had been. It had committed suicide. It had set itself steadfastly towards comfort and ease, a balanced society with security and permanency as its watchword, it had attained its hopes—to come to this at last. Once, life and property must have reached almost absolute safety. The rich had been assured of his wealth and comfort, the toiler assured of his life and work. No doubt in that perfect world there had been no unemployed problem, no social question left unsolved. And a great quiet had followed.

"It is a law of nature we overlook, that intellectual versatility is the compensation for change, danger, and trouble. An animal perfectly in harmony with its environment is a perfect mechanism. Nature never appeals to intelligence until habit and instinct are useless. There is no intelligence where there is no change and no need of change. Only those animals partake of intelligence that have to meet a huge variety of needs and dangers.

"So, as I see it, the Upperworld man had drifted towards his feeble prettiness, and the Underworld to mere mechanical industry. But that perfect state had lacked one thing even for mechanical perfection—absolute permanency. Apparently as time went on, the feeding of an Underworld, however it was effected, had become disjointed.

La Madre Necesidad, que había sido aplazada durante unos cuantos miles de años, volvió de nuevo, y empezó por abajo. El Inframundo, al estar en contacto con una maquinaria que, por perfecta que sea, sigue necesitando un poco de pensamiento fuera de la costumbre, probablemente había conservado forzosamente bastante más iniciativa, aunque menos de cualquier otro carácter humano, que el Superior.

Y cuando otras carnes les fallaron, recurrieron a lo que la vieja costumbre había prohibido hasta entonces. Así digo que lo vi en mi última visión del mundo de Ochocientos Dos Mil Setecientos Uno. Puede que sea una explicación tan errónea como el ingenio mortal pudiera inventar. Así es como la cosa se me presentó, y así te la presento.

"Después de las fatigas, excitaciones y terrores de los últimos días, y a pesar de mi pena, este asiento y la tranquila vista y la cálida luz del sol eran muy agradables. Estaba muy cansado y somnoliento, y pronto mis teorías se convirtieron en sopor. Al darme cuenta de ello, seguí mi propia indirecta y, extendiéndome sobre el césped, tuve un sueño largo y reparador.

"Me desperté un poco antes de la puesta del sol. Ahora me sentía a salvo de que los morlocks me sorprendieran durmiendo la siesta y, estirándome, bajé la colina en dirección a la Esfinge Blanca. Tenía la palanca en una mano y la otra jugaba con las cerillas que llevaba en el bolsillo.

"Y ahora ocurrió algo de lo más inesperado. Al acercarme al pedestal de la esfinge descubrí que las válvulas de bronce estaban abiertas. Se habían deslizado hacia las ranuras.

Mother Necessity, who had been staved off for a few thousand years, came back again, and she began below. The Underworld being in contact with machinery, which, however perfect, still needs some little thought outside habit, had probably retained perforce rather more initiative, if less of every other human character, than the Upper.

And when other meat failed them, they turned to what old habit had hitherto forbidden. So I say I saw it in my last view of the world of Eight Hundred and Two Thousand Seven Hundred and One. It may be as wrong an explanation as mortal wit could invent. It is how the thing shaped itself to me, and as that I give it to you.

"After the fatigues, excitements, and terrors of the past days, and in spite of my grief, this seat and the tranquil view and the warm sunlight were very pleasant. I was very tired and sleepy, and soon my theorising passed into dozing. Catching myself at that, I took my own hint, and spreading myself out upon the turf I had a long and refreshing sleep.

"I awoke a little before sunsetting. I now felt safe against being caught napping by the Morlocks, and, stretching myself, I came on down the hill towards the White Sphinx. I had my crowbar in one hand, and the other hand played with the matches in my pocket.

"And now came a most unexpected thing. As I approached the pedestal of the sphinx I found the bronze valves were open. They had slid down into grooves.

"Al oírlo, me detuve en seco ante ellos, dudando si entrar o no.

"Dentro había un pequeño apartamento, y en un lugar elevado, en una esquina de éste, estaba la Máquina del Tiempo. Llevaba las pequeñas palancas en el bolsillo. Así que aquí, después de todos mis elaborados preparativos para el asedio de la Esfinge Blanca, había una mansa rendición. Tiré mi barra de hierro, casi arrepentido de no haberla utilizado.

"Un pensamiento repentino me vino a la cabeza mientras me inclinaba hacia el portal. Por una vez, al menos, comprendí las operaciones mentales de los Morlocks. Reprimiendo una fuerte inclinación a reír, atravesé el marco de bronce y me acerqué a la Máquina del Tiempo. Me sorprendió comprobar que había sido cuidadosamente engrasada y limpiada. Desde entonces sospeché que los Morlocks la habían hecho pedazos, incluso parcialmente, mientras intentaban, a su oscura manera, comprender su propósito.

"Ahora, mientras permanecía de pie examinándolo, encontrando placer en el mero tacto del artilugio, sucedió lo que había esperado. Los paneles de bronce se deslizaron repentinamente hacia arriba y golpearon el marco con un estruendo. Estaba a oscuras, atrapado. Eso pensaban los Morlocks. Me reí alegremente.

"Ya oía sus risas murmurantes mientras se acercaban a mí. Con mucha calma intenté encender la cerilla. Sólo tenía que fijarme en las palancas y partir entonces como un fantasma. Pero había pasado por alto una pequeña cosa. Las cerillas eran de esa clase abominable que sólo se encienden en la caja.

"At that I stopped short before them, hesitating to enter.

"Within was a small apartment, and on a raised place in the corner of this was the Time Machine. I had the small levers in my pocket. So here, after all my elaborate preparations for the siege of the White Sphinx, was a meek surrender. I threw my iron bar away, almost sorry not to use it.

"A sudden thought came into my head as I stooped towards the portal. For once, at least, I grasped the mental operations of the Morlocks. Suppressing a strong inclination to laugh, I stepped through the bronze frame and up to the Time Machine. I was surprised to find it had been carefully oiled and cleaned. I have suspected since that the Morlocks had even partially taken it to pieces while trying in their dim way to grasp its purpose.

"Now as I stood and examined it, finding a pleasure in the mere touch of the contrivance, the thing I had expected happened. The bronze panels suddenly slid up and struck the frame with a clang. I was in the dark—trapped. So the Morlocks thought. At that I chuckled gleefully.

"I could already hear their murmuring laughter as they came towards me. Very calmly I tried to strike the match. I had only to fix on the levers and depart then like a ghost. But I had overlooked one little thing. The matches were of that abominable kind that light only on the box.

"Puedes imaginar cómo se desvaneció toda mi calma. Los pequeños brutos estaban cerca de mí. Uno me tocó. Les di un golpe en la oscuridad con las palancas y empecé a subirme a la silla de la máquina. Una mano me tocó y luego otra. Entonces sólo tuve que luchar contra sus persistentes dedos para agarrar mis palancas y, al mismo tiempo, buscar los pernos sobre los que encajaban. Una, de hecho, casi se me escapa. Al resbalárseme de la mano, tuve que dar cabezazos en la oscuridad -podía oír sonar el cráneo del morlock- para recuperarla. Creo que este último forcejeo estuvo más cerca que la lucha en el bosque.

"Pero al fin la palanca se fijó y se detuvo. Las manos que se aferraban a mí se soltaron. La oscuridad desapareció de mis ojos. Me encontré en la misma luz gris y en el mismo tumulto que ya he descrito.

"You may imagine how all my calm vanished. The little brutes were close upon me. One touched me. I made a sweeping blow in the dark at them with the levers, and began to scramble into the saddle of the machine. Then came one hand upon me and then another. Then I had simply to fight against their persistent fingers for my levers, and at the same time feel for the studs over which these fitted. One, indeed, they almost got away from me. As it slipped from my hand, I had to butt in the dark with my head—I could hear the Morlock's skull ring—to recover it. It was a nearer thing than the fight in the forest, I think, this last scramble.

"But at last the lever was fixed and pulled over. The clinging hands slipped from me. The darkness presently fell from my eyes. I found myself in the same grey light and tumult I have already described.

The Further Vision

La Visión Ulterior

"Ya te he hablado de la enfermedad y la confusión que conllevan los viajes en el tiempo. Y esta vez no estaba sentado correctamente en la silla, sino de lado y de forma inestable. Durante un tiempo indefinido me aferré a la máquina mientras se balanceaba y vibraba, sin prestar atención a cómo iba, y cuando volví a mirar los diales me sorprendí al ver adónde había llegado.

Un dial registra los días, otro los miles de días, otro los millones de días y otro los miles de millones. Ahora bien, en vez de invertir las palancas, las había tirado para que avanzaran con ellas, y cuando llegué a mirar estos indicadores descubrí que la aguja de los millares daba vueltas tan rápido como el segundero de un reloj, hacia el futuro.

"A medida que avanzaba, un cambio peculiar se deslizaba sobre la apariencia de las cosas. La grisura palpitante se hizo más oscura; entonces -aunque seguía viajando a una velocidad prodigiosa- la sucesión intermitente del día y la noche, que normalmente era indicativa de un ritmo más lento, regresó, y se hizo cada vez más marcada.

"I have already told you of the sickness and confusion that comes with time travelling. And this time I was not seated properly in the saddle, but sideways and in an unstable fashion. For an indefinite time I clung to the machine as it swayed and vibrated, quite unheeding how I went, and when I brought myself to look at the dials again I was amazed to find where I had arrived.

One dial records days, and another thousands of days, another millions of days, and another thousands of millions. Now, instead of reversing the levers, I had pulled them over so as to go forward with them, and when I came to look at these indicators I found that the thousands hand was sweeping round as fast as the seconds hand of a watch—into futurity.

"As I drove on, a peculiar change crept over the appearance of things. The palpitating greyness grew darker; then—though I was still travelling with prodigious velocity—the blinking succession of day and night, which was usually indicative of a slower pace, returned, and grew more and more marked.

Esto me desconcertó mucho al principio. Las alternancias de la noche y el día se hacían cada vez más lentas, al igual que el paso del sol por el cielo, hasta que parecieron prolongarse durante siglos. Al final, un crepúsculo constante se cernió sobre la Tierra, un crepúsculo que sólo se rompía de vez en cuando, cuando un cometa brillaba en el cielo oscuro.

La franja de luz que indicaba el sol hacía tiempo que había desaparecido, pues el sol había dejado de ponerse; simplemente salía y se ponía por el oeste, y se hacía cada vez más ancho y rojo. Todo rastro de luna se había desvanecido. El movimiento circular de las estrellas, cada vez más lento, había dado paso a puntos de luz que se arrastraban.

Por fin, un rato antes de que me detuviera, el sol, rojo y muy grande, se detuvo inmóvil sobre el horizonte, una inmensa cúpula que brillaba con un calor apagado y de vez en cuando sufría una extinción momentánea. Hubo un momento en que volvió a brillar con más intensidad, pero enseguida volvió a su hosco calor rojo.

Percibí por esta ralentización de su subida y puesta que el trabajo de arrastre de la marea había terminado. La Tierra se había posado de cara al Sol, igual que en nuestros días la Luna está de cara a la Tierra. Con mucha cautela, pues recordaba mi anterior caída precipitada, empecé a invertir mi movimiento. Las manecillas circulaban cada vez más despacio, hasta que la del millar parecía inmóvil y la del día ya no era más que una niebla sobre su escala.

Aún más despacio, hasta que se hicieron visibles los tenues contornos de una playa desolada.

This puzzled me very much at first. The alternations of night and day grew slower and slower, and so did the passage of the sun across the sky, until they seemed to stretch through centuries. At last a steady twilight brooded over the earth, a twilight only broken now and then when a comet glared across the darkling sky.

The band of light that had indicated the sun had long since disappeared; for the sun had ceased to set—it simply rose and fell in the west, and grew ever broader and more red. All trace of the moon had vanished. The circling of the stars, growing slower and slower, had given place to creeping points of light.

At last, some time before I stopped, the sun, red and very large, halted motionless upon the horizon, a vast dome glowing with a dull heat, and now and then suffering a momentary extinction. At one time it had for a little while glowed more brilliantly again, but it speedily reverted to its sullen red heat.

I perceived by this slowing down of its rising and setting that the work of the tidal drag was done. The earth had come to rest with one face to the sun, even as in our own time the moon faces the earth. Very cautiously, for I remembered my former headlong fall, I began to reverse my motion. Slower and slower went the circling hands until the thousands one seemed motionless and the daily one was no longer a mere mist upon its scale.

Still slower, until the dim outlines of a desolate beach grew visible.

"Me detuve muy suavemente y me senté en la Máquina del Tiempo, mirando a mi alrededor. El cielo ya no era azul. Hacia el nordeste era negro como la tinta, y de la negrura brillaban con fuerza y constancia las pálidas estrellas blancas. Por encima era de un rojo indio intenso y sin estrellas, y hacia el sudeste se hacía más brillante hasta un escarlata resplandeciente donde, cortado por el horizonte, yacía el enorme casco del sol, rojo e inmóvil.

Las rocas que me rodeaban eran de un áspero color rojizo, y todo rastro de vida que pude ver al principio fue la vegetación intensamente verde que cubría cada punto saliente de su cara sureste. Era el mismo verde intenso que se ve en el musgo de los bosques o en los líquenes de las cuevas: plantas que como éstas crecen en un crepúsculo perpetuo.

"La máquina estaba en una playa inclinada. El mar se extendía hacia el suroeste, formando un horizonte nítido y brillante contra el cielo pálido. No había rompientes ni olas, pues no se movía ni un soplo de viento. Sólo un ligero oleaje aceitoso subía y bajaba como una suave respiración, y mostraba que el mar eterno seguía moviéndose y viviendo. Y a lo largo de la orilla, donde a veces rompía el agua, había una espesa incrustación de color rosa salado bajo el cielo moreno. Tenía una sensación de opresión en la cabeza, y me di cuenta de que respiraba muy deprisa. La sensación me recordó mi única experiencia de alpinismo, y por ello juzgué que el aire estaba más enrarecido que ahora.

"I stopped very gently and sat upon the Time Machine, looking round. The sky was no longer blue. North-eastward it was inky black, and out of the blackness shone brightly and steadily the pale white stars. Overhead it was a deep Indian red and starless, and south-eastward it grew brighter to a glowing scarlet where, cut by the horizon, lay the huge hull of the sun, red and motionless.

The rocks about me were of a harsh reddish colour, and all the trace of life that I could see at first was the intensely green vegetation that covered every projecting point on their south-eastern face. It was the same rich green that one sees on forest moss or on the lichen in caves: plants which like these grow in a perpetual twilight.

"The machine was standing on a sloping beach. The sea stretched away to the south-west, to rise into a sharp bright horizon against the wan sky. There were no breakers and no waves, for not a breath of wind was stirring. Only a slight oily swell rose and fell like a gentle breathing, and showed that the eternal sea was still moving and living. And along the margin where the water sometimes broke was a thick incrustation of salt—pink under the lurid sky. There was a sense of oppression in my head, and I noticed that I was breathing very fast. The sensation reminded me of my only experience of mountaineering, and from that I judged the air to be more rarefied than it is now.

"A lo lejos, en lo alto de la desolada ladera, oí un áspero grito y vi una cosa parecida a una enorme mariposa blanca que se deslizaba y revoloteaba hacia el cielo y, dando vueltas, desaparecía sobre unas lomas bajas que había más allá. El sonido de su voz era tan lúgubre que me estremecí y me senté más firmemente sobre la máquina.

Mirando de nuevo a mi alrededor, vi que, bastante cerca, lo que yo había tomado por una masa rojiza de roca se movía lentamente hacia mí. Entonces vi que en realidad se trataba de una monstruosa criatura parecida a un cangrejo. ¿Te imaginas un cangrejo tan grande como aquella mesa, con sus numerosas patas moviéndose lenta e insegura, sus grandes pinzas balanceándose, sus largas antenas, como látigos de carretero, agitándose y palpando, y sus ojos pedunculados mirándote a ambos lados de su frente metálica?

Su dorso era ondulado y estaba ornamentado con protuberancias desgarbadas, y una incrustación verdosa lo manchaba aquí y allá. Pude ver los numerosos palpos de su complicada boca parpadeando y palpando mientras se movía.

"Mientras contemplaba esta siniestra aparición que se arrastraba hacia mí, sentí un cosquilleo en la mejilla, como si una mosca se hubiera posado allí. Intenté apartarla con la mano, pero en un momento volvió, y casi inmediatamente apareció otra junto a mi oreja. La golpeé y atrapé algo parecido a un hilo. Me lo quitaron rápidamente de la mano.

"Far away up the desolate slope I heard a harsh scream, and saw a thing like a huge white butterfly go slanting and fluttering up into the sky and, circling, disappear over some low hillocks beyond. The sound of its voice was so dismal that I shivered and seated myself more firmly upon the machine.

Looking round me again, I saw that, quite near, what I had taken to be a reddish mass of rock was moving slowly towards me. Then I saw the thing was really a monstrous crab-like creature. Can you imagine a crab as large as yonder table, with its many legs moving slowly and uncertainly, its big claws swaying, its long antennæ, like carters' whips, waving and feeling, and its stalked eyes gleaming at you on either side of its metallic front?

Its back was corrugated and ornamented with ungainly bosses, and a greenish incrustation blotched it here and there. I could see the many palps of its complicated mouth flickering and feeling as it moved.

"As I stared at this sinister apparition crawling towards me, I felt a tickling on my cheek as though a fly had lighted there. I tried to brush it away with my hand, but in a moment it returned, and almost immediately came another by my ear. I struck at this, and caught something threadlike. It was drawn swiftly out of my hand.

Con un espantoso escalofrío, me volví y vi que había agarrado la antena de otro cangrejo monstruoso que estaba justo detrás de mí. Sus ojos malignos se retorcían sobre sus tallos, su boca estaba llena de apetito y sus enormes y desgarbadas pinzas, untadas con una baba de algas, descendían sobre mí. En un momento mi mano estaba en la palanca, y había colocado un mes entre aquellos monstruos y yo.

Pero yo seguía en la misma playa, y ahora los veía claramente en cuanto me detenía. Docenas de ellas parecían arrastrarse aquí y allá, en la sombría luz, entre las foliadas hojas de un verde intenso.

"No ·puedo expresar la sensación de abominable desolación que se cernía sobre el mundo. El cielo rojo del este, la negrura del norte, el Mar Muerto salado, la playa pedregosa repleta de esos monstruos repugnantes que se agitaban lentamente, el verde uniforme de aspecto venenoso de las plantas liquénicas, el aire enrarecido que lastimaba los pulmones: todo contribuía a un efecto espantoso. Avancé cien años, y allí estaba el mismo sol rojo -un poco más grande, un poco más apagado-, el mismo mar moribundo, el mismo aire frío y la misma multitud de crustáceos terrosos que entraban y salían sigilosamente entre la maleza verde y las rocas rojas. Y en el cielo del oeste vi una línea curva y pálida como una inmensa luna nueva.

With a frightful qualm, I turned, and I saw that I had grasped the antenna of another monster crab that stood just behind me. Its evil eyes were wriggling on their stalks, its mouth was all alive with appetite, and its vast ungainly claws, smeared with an algal slime, were descending upon me. In a moment my hand was on the lever, and I had placed a month between myself and these monsters.

But I was still on the same beach, and I saw them distinctly now as soon as I stopped. Dozens of them seemed to be crawling here and there, in the sombre light, among the foliated sheets of intense green.

"I cannot convey the sense of abominable desolation that hung over the world. The red eastern sky, the northward blackness, the salt Dead Sea, the stony beach crawling with these foul, slow-stirring monsters, the uniform poisonous-looking green of the lichenous plants, the thin air that hurts one's lungs: all contributed to an appalling effect. I moved on a hundred years, and there was the same red sun—a little larger, a little duller—the same dying sea, the same chill air, and the same crowd of earthy crustacea creeping in and out among the green weed and the red rocks. And in the westward sky, I saw a curved pale line like a vast new moon.

"Así viajé, deteniéndome una y otra vez, a grandes zancadas de mil años o más, arrastrado por el misterio del destino de la tierra, observando con una extraña fascinación cómo el sol se hacía más grande y más apagado en el cielo hacia el oeste, y cómo menguaba la vida de la vieja tierra. Por fin, más de treinta millones de años después, la enorme cúpula al rojo vivo del sol había llegado a oscurecer casi una décima parte de los oscuros cielos.

Entonces me detuve de nuevo, pues la multitud reptante de cangrejos había desaparecido, y la playa roja, salvo por sus lívidas hepáticas y líquenes verdes, parecía sin vida. Y ahora estaba salpicada de blanco. Me asaltó un frío amargo. Raros copos blancos descendían una y otra vez. Hacia el nordeste, el resplandor de la nieve yacía bajo la luz de las estrellas del cielo sable, y pude ver una ondulante cresta de colinas de un blanco rosáceo.

Había franjas de hielo a lo largo de la orilla del mar, con masas a la deriva más lejos; pero la extensión principal de aquel océano salado, toda ensangrentada bajo la eterna puesta de sol, seguía sin congelarse.

"So I travelled, stopping ever and again, in great strides of a thousand years or more, drawn on by the mystery of the earth's fate, watching with a strange fascination the sun grow larger and duller in the westward sky, and the life of the old earth ebb away. At last, more than thirty million years hence, the huge red-hot dome of the sun had come to obscure nearly a tenth part of the darkling heavens.

Then I stopped once more, for the crawling multitude of crabs had disappeared, and the red beach, save for its livid green liverworts and lichens, seemed lifeless. And now it was flecked with white. A bitter cold assailed me. Rare white flakes ever and again came eddying down. To the north-eastward, the glare of snow lay under the starlight of the sable sky, and I could see an undulating crest of hillocks pinkish white.

There were fringes of ice along the sea margin, with drifting masses farther out; but the main expanse of that salt ocean, all bloody under the eternal sunset, was still unfrozen.

"Miré a mi alrededor para ver si quedaba algún rastro de vida animal. Una cierta aprensión indefinible me mantenía aún en la silla de la máquina. Pero no vi nada que se moviera, ni en la tierra, ni en el cielo, ni en el mar. Sólo el limo verde de las rocas atestiguaba que la vida no se había extinguido. En el mar había aparecido un banco de arena poco profundo y el agua se había retirado de la playa. Me pareció ver un objeto negro que se agitaba sobre el banco, pero se quedó inmóvil cuando lo miré, y consideré que mi ojo se había engañado y que el objeto negro no era más que una roca. Las estrellas del cielo brillaban intensamente y me pareció que centelleaban muy poco.

"De repente me di cuenta de que el contorno circular del sol hacia el oeste había cambiado; que había aparecido una concavidad, una bahía, en la curva. La vi agrandarse. Durante un minuto, tal vez, contemplé atónito aquella negrura que se deslizaba sobre el día, y entonces me di cuenta de que estaba empezando un eclipse. La luna o el planeta Mercurio estaban atravesando el disco solar. Naturalmente, al principio creí que se trataba de la Luna, pero hay muchos indicios que me inclinan a creer que lo que realmente vi fue el tránsito de un planeta interior que pasaba muy cerca de la Tierra.

"La oscuridad crecía cada vez más; un viento frío empezó a soplar en ráfagas refrescantes desde el este, y los copos blancos que llovían en el aire aumentaban en número. De la orilla del mar llegaban ondas y susurros. Más allá de estos sonidos sin vida, el mundo estaba en silencio. ¿Silencioso? Sería difícil expresar su quietud.

"I looked about me to see if any traces of animal life remained. A certain indefinable apprehension still kept me in the saddle of the machine. But I saw nothing moving, in earth or sky or sea. The green slime on the rocks alone testified that life was not extinct. A shallow sandbank had appeared in the sea and the water had receded from the beach. I fancied I saw some black object flopping about upon this bank, but it became motionless as I looked at it, and I judged that my eye had been deceived, and that the black object was merely a rock. The stars in the sky were intensely bright and seemed to me to twinkle very little.

"Suddenly I noticed that the circular westward outline of the sun had changed; that a concavity, a bay, had appeared in the curve. I saw this grow larger. For a minute perhaps I stared aghast at this blackness that was creeping over the day, and then I realised that an eclipse was beginning. Either the moon or the planet Mercury was passing across the sun's disk. Naturally, at first I took it to be the moon, but there is much to incline me to believe that what I really saw was the transit of an inner planet passing very near to the earth.

"The darkness grew apace; a cold wind began to blow in freshening gusts from the east, and the showering white flakes in the air increased in number. From the edge of the sea came a ripple and whisper. Beyond these lifeless sounds the world was silent. Silent? It would be hard to convey the stillness of it.

Todos los sonidos del hombre, el balido de las ovejas, los gritos de los pájaros, el zumbido de los insectos, el revuelo que constituye el trasfondo de nuestras vidas... todo eso se había acabado. A medida que la oscuridad se hacía más densa, los copos arremolinados se hacían más abundantes, danzando ante mis ojos; y el frío del aire más intenso. Por fin, uno a uno, rápidamente, uno tras otro, los blancos picos de las lejanas colinas se desvanecieron en la negrura.

La brisa se elevó hasta convertirse en un viento quejumbroso. Vi la negra sombra central del eclipse barriendo hacia mí. En otro momento, sólo eran visibles las pálidas estrellas. Todo lo demás era oscuridad sin rayos. El cielo era absolutamente negro.

"Me invadió el horror de esta gran oscuridad. El frío, que me llegaba hasta los tuétanos, y el dolor que sentía al respirar, se apoderaron de mí. Temblé y una náusea mortal se apoderó de mí. Entonces, como un arco al rojo vivo en el cielo, apareció el borde del sol. Bajé de la máquina para recuperarme. Me sentía mareada e incapaz de afrontar el viaje de vuelta.

Mientras permanecía enfermo y confuso, volví a ver la cosa que se movía en el banco de arena -no había duda de que era una cosa que se movía- contra el agua roja del mar. Era una cosa redonda, quizá del tamaño de un balón de fútbol o, tal vez, más grande, de la que se desprendían tentáculos; parecía negra sobre el agua roja como la sangre y daba saltitos irregulares.

Entonces sentí que me desmayaba. Pero un terrible temor a yacer indefenso en aquel remoto y espantoso crepúsculo me sostuvo mientras subía a la silla de montar.

All the sounds of man, the bleating of sheep, the cries of birds, the hum of insects, the stir that makes the background of our lives—all that was over. As the darkness thickened, the eddying flakes grew more abundant, dancing before my eyes; and the cold of the air more intense. At last, one by one, swiftly, one after the other, the white peaks of the distant hills vanished into blackness.

The breeze rose to a moaning wind. I saw the black central shadow of the eclipse sweeping towards me. In another moment the pale stars alone were visible. All else was rayless obscurity. The sky was absolutely black.

"A horror of this great darkness came on me. The cold, that smote to my marrow, and the pain I felt in breathing, overcame me. I shivered, and a deadly nausea seized me. Then like a red-hot bow in the sky appeared the edge of the sun. I got off the machine to recover myself. I felt giddy and incapable of facing the return journey.

As I stood sick and confused I saw again the moving thing upon the shoal—there was no mistake now that it was a moving thing—against the red water of the sea. It was a round thing, the size of a football perhaps, or, it may be, bigger, and tentacles trailed down from it; it seemed black against the weltering blood-red water, and it was hopping fitfully about.

Then I felt I was fainting. But a terrible dread of lying helpless in that remote and awful twilight sustained me while I clambered upon the saddle.

The Time Traveller's Return

El Regreso Del Viajero en El Tiempo

"Así que volví. Durante mucho tiempo debí de permanecer insensible sobre la máquina. Se reanudó la sucesión parpadeante de los días y las noches, el sol volvió a dorarse, el cielo a ser azul. Respiré con mayor libertad. Los contornos fluctuantes de la tierra fluían y refluían. Las agujas giraron hacia atrás sobre los diales.

Por fin volví a ver las sombras tenues de las casas, las evidencias de la humanidad decadente. También éstas cambiaron y pasaron, y llegaron otras. Al poco tiempo, cuando el dial del millón estaba en cero, aflojé la velocidad. Empecé a reconocer nuestra propia arquitectura, bonita y familiar, la aguja de los millares retrocedió hasta el punto de partida, la noche y el día aletearon cada vez más despacio.

Entonces me rodearon las viejas paredes del laboratorio. Muy suavemente, ahora, frené el mecanismo.

"So I came back. For a long time I must have been insensible upon the machine. The blinking succession of the days and nights was resumed, the sun got golden again, the sky blue. I breathed with greater freedom. The fluctuating contours of the land ebbed and flowed. The hands spun backward upon the dials.

At last I saw again the dim shadows of houses, the evidences of decadent humanity. These, too, changed and passed, and others came. Presently, when the million dial was at zero, I slackened speed. I began to recognise our own pretty and familiar architecture, the thousands hand ran back to the starting-point, the night and day flapped slower and slower.

Then the old walls of the laboratory came round me. Very gently, now, I slowed the mechanism down.

"Vi una pequeña cosa que me pareció extraña. Creo haberte dicho que cuando me puse en marcha, antes de que mi velocidad fuera muy elevada, la señora Watchett había atravesado la habitación, viajando, según me pareció, como un cohete. Cuando regresé, volví a pasar por ese minuto en que ella atravesó el laboratorio. Pero ahora cada uno de sus movimientos parecía la inversión exacta de los anteriores. La puerta de la parte inferior se abrió, y ella se deslizó silenciosamente por el laboratorio, de espaldas, y desapareció tras la puerta por la que había entrado anteriormente. Justo antes me pareció ver a Hillyer por un momento, pero pasó como un rayo.

"Entonces paré la máquina, y volví a ver a mi alrededor el viejo laboratorio familiar, mis herramientas, mis aparatos tal como los había dejado. Me bajé del aparato muy temblorosamente y me senté en mi banco. Durante varios minutos temblé violentamente. Luego me tranquilicé. A mi alrededor estaba de nuevo mi antiguo taller, exactamente como había sido. Podría haber dormido allí y todo habría sido un sueño.

"¡Y sin embargo, no exactamente! La cosa había partido de la esquina sureste del laboratorio. Había vuelto a posarse en el noroeste, contra la pared donde la viste. Eso te da la distancia exacta desde mi pequeño césped hasta el pedestal de la Esfinge Blanca, al que los Morlocks habían llevado mi máquina.

"I saw one little thing that seemed odd to me. I think I have told you that when I set out, before my velocity became very high, Mrs. Watchett had walked across the room, travelling, as it seemed to me, like a rocket. As I returned, I passed again across that minute when she traversed the laboratory. But now her every motion appeared to be the exact inversion of her previous ones. The door at the lower end opened, and she glided quietly up the laboratory, back foremost, and disappeared behind the door by which she had previously entered. Just before that I seemed to see Hillyer for a moment; but he passed like a flash.

"Then I stopped the machine, and saw about me again the old familiar laboratory, my tools, my appliances just as I had left them. I got off the thing very shakily, and sat down upon my bench. For several minutes I trembled violently. Then I became calmer. Around me was my old workshop again, exactly as it had been. I might have slept there, and the whole thing have been a dream.

"And yet, not exactly! The thing had started from the south-east corner of the laboratory. It had come to rest again in the north-west, against the wall where you saw it. That gives you the exact distance from my little lawn to the pedestal of the White Sphinx, into which the Morlocks had carried my machine.

"Durante un tiempo mi cerebro se estancó. Al poco rato me levanté y atravesé el pasillo cojeando, porque aún me dolía el talón, y sintiéndome gravemente herido. Vi la *Gaceta de Pall Mall* sobre la mesa junto a la puerta. Vi que la fecha era efectivamente hoy y, al mirar el reloj, vi que eran casi las ocho. Oí vuestras voces y el ruido de los platos. Dudé, me sentía tan enferma y débil. Entonces olfateé buena carne sana y os abrí la puerta. El resto ya lo sabes. Me lavé, cené y ahora te cuento la historia.

"For a time my brain went stagnant. Presently I got up and came through the passage here, limping, because my heel was still painful, and feeling sorely begrimed. I saw the *Pall Mall Gazette* on the table by the door. I found the date was indeed today, and looking at the timepiece, saw the hour was almost eight o'clock. I heard your voices and the clatter of plates. I hesitated—I felt so sick and weak. Then I sniffed good wholesome meat, and opened the door on you. You know the rest. I washed, and dined, and now I am telling you the story.

After the Story

Después De La Historia

"Sé -dijo, tras una pausa- que todo esto os resultará absolutamente increíble, pero para mí lo único increíble es que estoy aquí esta noche, en esta vieja habitación familiar, mirando vuestros rostros amistosos y contándoos estas extrañas aventuras." Miró al Médico. "No. No puedo esperar que lo creáis. Tómalo como una mentira... o una profecía. Di que lo soñé en el taller. Considera que he estado especulando sobre los destinos de nuestra raza, hasta que he urdido esta ficción. Considera mi afirmación de su verdad como un mero golpe de arte para realzar su interés. Y tomándola como una historia, ¿qué opinas de ella?".

"I know," he said, after a pause, "that all this will be absolutely incredible to you, but to me the one incredible thing is that I am here tonight in this old familiar room looking into your friendly faces and telling you these strange adventures." He looked at the Medical Man. "No. I cannot expect you to believe it. Take it as a lie—or a prophecy. Say I dreamed it in the workshop. Consider I have been speculating upon the destinies of our race, until I have hatched this fiction. Treat my assertion of its truth as a mere stroke of art to enhance its interest. And taking it as a story, what do you think of it?"

Cogió su pipa y empezó, a su vieja usanza, a golpear nerviosamente con ella los barrotes de la rejilla. Hubo una momentánea quietud. Luego las sillas empezaron a crujir y los zapatos a raspar la alfombra. Aparté los ojos del rostro del Viajero del Tiempo y miré a su público. Estaban a oscuras, y pequeñas manchas de color nadaban ante ellos. El Médico parecía absorto en la contemplación de nuestro anfitrión. El Redactor miraba fijamente la punta de su cigarro, el sexto. El Periodista buscaba a tientas su reloj. Los demás, que yo recuerde, estaban inmóviles.

El Editor se levantó con un suspiro. "¡Qué lástima que no seas escritor de relatos!", dijo, poniendo la mano en el hombro del Viajero del Tiempo.

"¿No te lo crees?"

"Bueno..."

"Creía que no".

El Viajero del Tiempo se volvió hacia nosotros. "¿Dónde están las cerillas?", dijo. Encendió una y habló por encima de su pipa, resoplando. "A decir verdad... Casi no me lo creo..... Y sin embargo..."

Su mirada se posó con muda indagación en las marchitas flores blancas que había sobre la mesita. Luego giró la mano que sostenía su pipa y vi que se estaba mirando unas cicatrices medio curadas en los nudillos.

El Médico se levantó, se acercó a la lámpara y examinó las flores. "El gineceo es extraño", dijo. El Psicólogo se inclinó hacia delante para ver, extendiendo la mano para coger una muestra.

He took up his pipe, and began, in his old accustomed manner, to tap with it nervously upon the bars of the grate. There was a momentary stillness. Then chairs began to creak and shoes to scrape upon the carpet. I took my eyes off the Time Traveller's face, and looked round at his audience. They were in the dark, and little spots of colour swam before them. The Medical Man seemed absorbed in the contemplation of our host. The Editor was looking hard at the end of his cigar—the sixth. The Journalist fumbled for his watch. The others, as far as I remember, were motionless.

The Editor stood up with a sigh. "What a pity it is you're not a writer of stories!" he said, putting his hand on the Time Traveller's shoulder.

"You don't believe it?"

"Well——"

"I thought not."

The Time Traveller turned to us. "Where are the matches?" he said. He lit one and spoke over his pipe, puffing. "To tell you the truth... I hardly believe it myself..... And yet..."

His eye fell with a mute inquiry upon the withered white flowers upon the little table. Then he turned over the hand holding his pipe, and I saw he was looking at some half-healed scars on his knuckles.

The Medical Man rose, came to the lamp, and examined the flowers. "The gynæceum's odd," he said. The Psychologist leant forward to see, holding out his hand for a specimen.

"Que me cuelguen si no es la una menos cuarto", dijo el Periodista. "¿Cómo volveremos a casa?"

"Hay muchos taxis en la estación", dijo el Psicólogo.

"Es curioso -dijo el Médico-, pero desde luego no conozco el orden natural de estas flores. ¿Me las das?"

El Viajero del Tiempo vaciló. Luego, de repente: "Desde luego que no".

"¿De dónde los has sacado realmente?", dijo el Médico.

El Viajero del Tiempo se llevó la mano a la cabeza. Hablaba como quien intenta retener una idea que se le escapa. "Weena me las metió en el bolsillo cuando viajé en el Tiempo". Miró la habitación. "Que me aspen si no se va todo. Esta habitación y tú y el ambiente de cada día es demasiado para mi memoria. ¿Hice alguna vez una Máquina del Tiempo, o un modelo de Máquina del Tiempo? ¿O es todo sólo un sueño? Dicen que la vida es un sueño, un sueño pobre y precioso a veces, pero no puedo soportar otro que no encaje. Es una locura. ¿Y de dónde viene el sueño? ... Debo mirar esa máquina. Si es que existe!"

"I'm hanged if it isn't a quarter to one," said the Journalist. "How shall we get home?"

"Plenty of cabs at the station," said the Psychologist.

"It's a curious thing," said the Medical Man; "but I certainly don't know the natural order of these flowers. May I have them?"

The Time Traveller hesitated. Then suddenly: "Certainly not."

"Where did you really get them?" said the Medical Man.

The Time Traveller put his hand to his head. He spoke like one who was trying to keep hold of an idea that eluded him. "They were put into my pocket by Weena, when I travelled into Time." He stared round the room. "I'm damned if it isn't all going. This room and you and the atmosphere of every day is too much for my memory. Did I ever make a Time Machine, or a model of a Time Machine? Or is it all only a dream? They say life is a dream, a precious poor dream at times—but I can't stand another that won't fit. It's madness. And where did the dream come from? ... I must look at that machine. If there is one!"

Cogió rápidamente la lámpara y la llevó, encendida en rojo, a través de la puerta hacia el pasillo. Le seguimos. Allí, a la luz parpadeante de la lámpara, estaba la máquina, rechoncha, fea y torcida, una cosa de latón, ébano, marfil y cuarzo translúcido y brillante. Sólida al tacto -pues extendí la mano y palpé su barandilla- y con manchas marrones y manchas en el marfil, y trozos de hierba y musgo en las partes inferiores, y una barandilla torcida.

El Viajero del Tiempo dejó la lámpara sobre el banco y pasó la mano por la barandilla dañada. "Ya está bien -dijo-. "La historia que te conté era cierta. Siento haberte traído aquí, al frío". Cogió la lámpara y, en un silencio absoluto, regresamos al fumadero.

Entró con nosotros en el vestíbulo y ayudó al Director a ponerse el abrigo. El Médico le miró a la cara y, con cierta vacilación, le dijo que sufría de exceso de trabajo, ante lo cual se rió enormemente. Le recuerdo de pie en la puerta abierta, dando las buenas noches.

Compartí taxi con el Editor. Pensó que el relato era una "mentira chillona". Por mi parte, era incapaz de llegar a una conclusión. La historia era tan fantástica e increíble, el relato tan creíble y sobrio. Estuve despierto casi toda la noche pensando en ello. Decidí ir al día siguiente y volver a ver al Viajero del Tiempo.

He caught up the lamp swiftly, and carried it, flaring red, through the door into the corridor. We followed him. There in the flickering light of the lamp was the machine sure enough, squat, ugly, and askew, a thing of brass, ebony, ivory, and translucent glimmering quartz. Solid to the touch—for I put out my hand and felt the rail of it—and with brown spots and smears upon the ivory, and bits of grass and moss upon the lower parts, and one rail bent awry.

The Time Traveller put the lamp down on the bench, and ran his hand along the damaged rail. "It's all right now," he said. "The story I told you was true. I'm sorry to have brought you out here in the cold." He took up the lamp, and, in an absolute silence, we returned to the smoking-room.

He came into the hall with us and helped the Editor on with his coat. The Medical Man looked into his face and, with a certain hesitation, told him he was suffering from overwork, at which he laughed hugely. I remember him standing in the open doorway, bawling good-night.

I shared a cab with the Editor. He thought the tale a "gaudy lie." For my own part I was unable to come to a conclusion. The story was so fantastic and incredible, the telling so credible and sober. I lay awake most of the night thinking about it. I determined to go next day and see the Time Traveller again.

Me dijeron que estaba en el laboratorio, y como en la casa no había problemas, subí a verle. El laboratorio, sin embargo, estaba vacío. Contemplé durante un minuto la Máquina del Tiempo, extendí la mano y toqué la palanca. En ese momento, la mole achaparrada de aspecto sustancial se balanceó como una rama sacudida por el viento. Su inestabilidad me sobresaltó sobremanera, y tuve un extraño recuerdo de los días infantiles en que me prohibían entrometerme.

Volví por el pasillo. El Viajero del Tiempo se reunió conmigo en la sala de fumadores. Venía de la casa. Llevaba una pequeña cámara bajo un brazo y una mochila bajo el otro. Se rió al verme y me dio un codazo. "Estoy terriblemente ocupado", dijo, "con esa cosa ahí dentro".

"¿Pero no es un engaño?" dije. "¿De verdad viajas en el tiempo?"

"De verdad que sí". Y me miró francamente a los ojos. Vaciló. Sus ojos recorrieron la habitación. "Sólo quiero media hora", dijo. "Sé por qué has venido, y es muy amable por tu parte. Aquí hay algunas revistas. Si te detienes a comer, te demostraré que esta vez viajas hasta las trancas, con especímenes y todo. Si me perdonas que te deje ahora".

I was told he was in the laboratory, and being on easy terms in the house, I went up to him. The laboratory, however, was empty. I stared for a minute at the Time Machine and put out my hand and touched the lever. At that the squat substantial-looking mass swayed like a bough shaken by the wind. Its instability startled me extremely, and I had a queer reminiscence of the childish days when I used to be forbidden to meddle.

I came back through the corridor. The Time Traveller met me in the smoking-room. He was coming from the house. He had a small camera under one arm and a knapsack under the other. He laughed when he saw me, and gave me an elbow to shake. "I'm frightfully busy," said he, "with that thing in there."

"But is it not some hoax?" I said. "Do you really travel through time?"

"Really and truly I do." And he looked frankly into my eyes. He hesitated. His eye wandered about the room. "I only want half an hour," he said. "I know why you came, and it's awfully good of you. There's some magazines here. If you'll stop to lunch I'll prove you this time travelling up to the hilt, specimens and all. If you'll forgive my leaving you now?"

Consentí, apenas comprendiendo entonces todo el significado de sus palabras, y él asintió con la cabeza y siguió por el pasillo. Oí el portazo del laboratorio, me senté en una silla y cogí el periódico. ¿Qué iba a hacer antes de la hora de comer? De repente, un anuncio me recordó que había prometido reunirme con Richardson, el editor, a las dos. Miré el reloj y vi que apenas podía salvar aquel compromiso. Me levanté y bajé al pasadizo para avisar al Viajero del Tiempo.

Al asir el picaporte de la puerta oí una exclamación, extrañamente truncada al final, y un chasquido y un ruido sordo. Una ráfaga de aire giró a mi alrededor cuando abrí la puerta, y del interior llegó el sonido de cristales rotos cayendo al suelo. El Viajero del Tiempo no estaba allí. Por un momento me pareció ver una figura fantasmal e indistinta sentada en una masa arremolinada de negro y latón, una figura tan transparente que se distinguía perfectamente el banco que había detrás, con sus hojas de dibujos; pero este fantasma se desvaneció cuando me froté los ojos. La Máquina del Tiempo había desaparecido. Salvo por una nube de polvo que se iba disipando, el otro extremo del laboratorio estaba vacío. Al parecer, acababa de estallar un cristal de la claraboya.

Sentí un asombro irracional. Sabía que algo extraño había sucedido, y por el momento no podía distinguir qué podía ser aquello tan extraño. Mientras miraba fijamente, se abrió la puerta del jardín y apareció el criado.

Nos miramos unos a otros. Entonces empezaron a surgir ideas. "¿Ha salido por ahí el señor --?", dije yo.

I consented, hardly comprehending then the full import of his words, and he nodded and went on down the corridor. I heard the door of the laboratory slam, seated myself in a chair, and took up a daily paper. What was he going to do before lunch-time? Then suddenly I was reminded by an advertisement that I had promised to meet Richardson, the publisher, at two. I looked at my watch, and saw that I could barely save that engagement. I got up and went down the passage to tell the Time Traveller.

As I took hold of the handle of the door I heard an exclamation, oddly truncated at the end, and a click and a thud. A gust of air whirled round me as I opened the door, and from within came the sound of broken glass falling on the floor. The Time Traveller was not there. I seemed to see a ghostly, indistinct figure sitting in a whirling mass of black and brass for a moment—a figure so transparent that the bench behind with its sheets of drawings was absolutely distinct; but this phantasm vanished as I rubbed my eyes. The Time Machine had gone. Save for a subsiding stir of dust, the further end of the laboratory was empty. A pane of the skylight had, apparently, just been blown in.

I felt an unreasonable amazement. I knew that something strange had happened, and for the moment could not distinguish what the strange thing might be. As I stood staring, the door into the garden opened, and the man-servant appeared.

We looked at each other. Then ideas began to come. "Has Mr. —— gone out that way?" said I.

"No, señor. Nadie ha salido por aquí. Esperaba encontrarle aquí".

Lo comprendí. A riesgo de decepcionar a Richardson, me quedé esperando al Viajero del Tiempo; esperando la segunda historia, quizá aún más extraña, y los especímenes y fotografías que traería consigo. Pero ahora empiezo a temer que deba esperar toda una vida. El Viajero del Tiempo desapareció hace tres años. Y, como todo el mundo sabe ahora, nunca ha vuelto.

"No, sir. No one has come out this way. I was expecting to find him here."

At that I understood. At the risk of disappointing Richardson I stayed on, waiting for the Time Traveller; waiting for the second, perhaps still stranger story, and the specimens and photographs he would bring with him. But I am beginning now to fear that I must wait a lifetime. The Time Traveller vanished three years ago. And, as everybody knows now, he has never returned.

Epilogue

Epílogo

Uno no puede dejar de preguntarse. ¿Regresará alguna vez? Puede que retrocediera al pasado y cayera entre los salvajes sanguinarios y peludos de la Edad de Piedra sin Pulir; en los abismos del Mar Cretácico; o entre los grotescos saurios, los enormes brutos reptiles del Jurásico.

Puede que incluso ahora -si se me permite la expresión- esté vagando por algún arrecife de coral oolítico acechado por plesiosaurios, o junto a los solitarios mares salinos de la Era Triásica. ¿O fue hacia adelante, a una de las edades más cercanas, en la que los hombres siguen siendo hombres, pero con los enigmas de nuestro propio tiempo respondidos y sus fatigosos problemas resueltos?

One cannot choose but wonder. Will he ever return? It may be that he swept back into the past, and fell among the blood-drinking, hairy savages of the Age of Unpolished Stone; into the abysses of the Cretaceous Sea; or among the grotesque saurians, the huge reptilian brutes of the Jurassic times.

He may even now—if I may use the phrase—be wandering on some plesiosaurus-haunted Oolitic coral reef, or beside the lonely saline seas of the Triassic Age. Or did he go forward, into one of the nearer ages, in which men are still men, but with the riddles of our own time answered and its wearisome problems solved?

En la virilidad de la raza: ¡porque yo, por mi parte, no puedo pensar que estos últimos días de experimentos débiles, teorías fragmentarias y discordias mutuas sean realmente la época culminante del hombre! Digo, por mi parte. Él, lo sé -pues la cuestión había sido discutida entre nosotros mucho antes de que se fabricara la Máquina del Tiempo-, no pensaba más que alegremente en el Avance de la Humanidad, y veía en el creciente cúmulo de civilización más que un estúpido montón que inevitablemente caería sobre sus creadores y los destruiría al final.

Si es así, nos queda vivir como si no lo fuera. Pero para mí el futuro sigue siendo negro y blanco, es una vasta ignorancia, iluminada en algunos lugares casuales por el recuerdo de su historia. Y tengo junto a mí, para mi consuelo, dos extrañas flores blancas -ahora marchitas, y marrones y planas y quebradizas- para atestiguar que, incluso cuando la mente y la fuerza se habían ido, la gratitud y una ternura mutua seguían vivas en el corazón del hombre.

Into the manhood of the race: for I, for my own part, cannot think that these latter days of weak experiment, fragmentary theory, and mutual discord are indeed man's culminating time! I say, for my own part. He, I know—for the question had been discussed among us long before the Time Machine was made—thought but cheerlessly of the Advancement of Mankind, and saw in the growing pile of civilisation only a foolish heaping that must inevitably fall back upon and destroy its makers in the end.

If that is so, it remains for us to live as though it were not so. But to me the future is still black and blank—is a vast ignorance, lit at a few casual places by the memory of his story. And I have by me, for my comfort, two strange white flowers—shrivelled now, and brown and flat and brittle—to witness that even when mind and strength had gone, gratitude and a mutual tenderness still lived on in the heart of man.

Made in the USA
Coppell, TX
24 January 2024